틴턴

틴에이저 인턴을 만나다

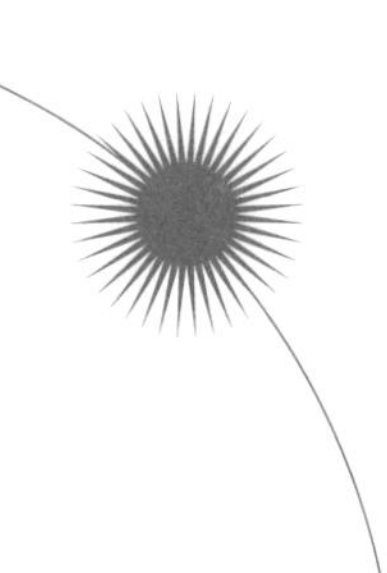

틴턴

인턴으로 만난 10대들의 첫 사회생활
그 배움과 성장의 기록

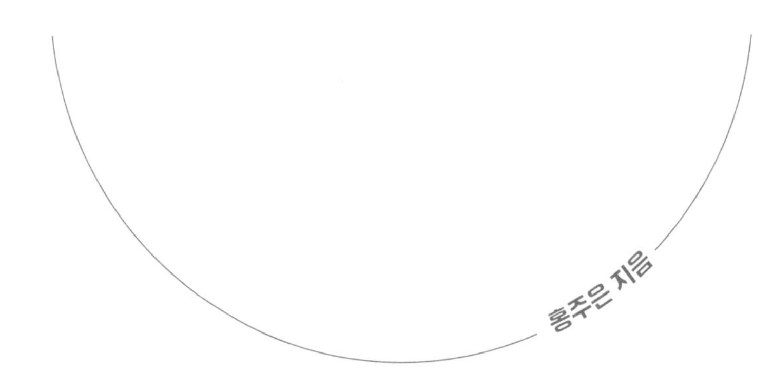

홍주은 지음

ginger T
project

추천의 글

청소년을 '젊은 어른'으로 존중하며, 그들과 진지하게 일을 해본 사람이라면 이미 명민한 교육실천가이다. 책을 읽는 동안 나도 모르는 새에 우리 학교 밖에 오랫동안 존재했던, 생면부지의 다른 선생님 한 분과 대화를 나누고 있는 듯했다. 학생이 학교 안과 밖을 '넘나들며 배워야 하는 이유'가 이 책에 오롯이 담겼다. 사람, 관계, 만남. 자신을 발견하고, 타인과 협력할 줄 아는 마음. 이것이 살아 있어야 참 교육이다. 우리의 교육 재원을 에듀테크에 몰아넣는 것보다 이 마음을 형성하는 일을 더 귀중한 교육 사업으로 인식해야 한다. 균형 잡힌 마음은 현장에서 구체적인 일을 경험하며 주조된다. 미래는 아직 다가오지 않은 현재일 뿐이다. '지금' 당장 아이들을 '세상'과 연계시키자. 세상을 마주하며 성장한 아이들이 곧 우리 앞에 드러날 가장 확실한 미래이니까. 이 책에 담긴 11명의 청소년 인턴 이야기는 공교육이나 대안교육을 가릴 것 없이 미래교육의 새 가능성을 펼쳐 보이는 흥미로운 증거자료이다.

이병곤 제천간디학교 교장 / 건신대학원대학교 대안교육학과 겸임교수 / 〈가르칠 수 없는 것을 가르치기〉 저자, 〈한국 교육의 오늘을 읽다〉 공저자

아무도 해본 적 없지만 머리 맞대고 의논하며 차근차근 길을 찾아가고 싶은 프로젝트가 생길 때면 진저티프로젝트가 가장 먼저 떠올랐다. 진저티라면 진심으로 최선을 다해 고민해 줄 거라 믿었고, 유연함과 탁월함을 겸비한 조직이 어떤 일의 과정과 결과를 만들어 내는지 지켜보았다. 머리도 마음도 말랑말랑한 시기에 이런 조직에서 일하며 성장할 수 있었다니, 이 느긋해 보이는 치열한 어른들 곁에서 마음껏 시도하고 실패하며 나를 찾아갈 수 있었다니, 틴턴들은 복도 많지! 틴턴들과 함께 〈비효율의 효율〉이 모락모락 퍼져 나가기를 기대하고 응원합니다.

엄윤미 도서문화재단 씨앗 CSO / 前 C Program 대표 / 〈미래 학교〉 공저자

생성형 인공지능이 세상을 더욱 빠르게 변화시키고 있는, 그래서 '전환할 줄 아는 역량'이 진로 개발의 핵심에 놓이게 된 지금, 청소년들에게 일을 통해 전환의 경험을 제공하는 '틴턴teen turn'이라는 개념의 출현은 참 반갑고 고마운 일입니다. 10대 인턴들이 진저티의 틴턴십 속에서 가족이나 친구, 학교나 일터와는 다른 '제3의 관계'를 만들어 갈 수 있었던 이유는 진저티프로젝트가 사람의 성장을 응원하는 실험 조직이고, 그 안에 좋은 교육자로서의 자질을 지닌 분들이 존재하기 때문입니다. 앞서 전환의 경험을 한 멤버들이 다른 세대의 전환을 돕는 조직이라니, 너무 이상적이어서 부러울 정도입니다. 청소년뿐만 아니라, 어쩌면 우리 모두가 스스로의 부족함을 인정하고 '전환 역량'을 길러야만 더 행복한 삶을 살게 되지 않을까 하는 생각도 듭니다. 교사, 청소년 지도자, 부모, 직장 선배 등, 자신의 자리에서 사람의 성장을 돕고 있는 많은 분들과 이 책을 함께 읽고 싶습니다.

이충한(아키) 하자센터(서울시립청소년미래진로센터) 기획부장 / 〈비노동사회를 사는 청년, 니트〉, 〈유유자적 피플〉 저자, 〈전환기교육, 천 개의 해방구를 상상하며〉, 〈노오력의 배신〉 공저자

IEA(국제 교육 성취도 평가 협의회)에서 국제시민교육연구(ICCS)를 진행하고 있다. 이 연구는 시민 지식, 태도, 행동을 측정한다. 2016년 ICCS 조사 결과, 지식 분야에서 우리나라는 조사에 참여한 24개 국가 중에서 6위였다. 우리보다 시민 지식 점수가 높은 나라는 덴마크, 대만, 노르웨이, 핀란드, 스웨덴뿐이었다. 지식 분야는 역시 탑 클래스, 문제는 참여 경험과 태도였다. 이 분야에서 한국은 2009년 조사에서부터 매우 낮은 수준을 나타냈다. 시민 지식만 탑 클래스인 우리 청소년들에게 필요

한 것은 ‘미성숙‘이라는 거짓 명제 아래 가둬 놓았던 ‘경험‘과 ‘참여’가 아닐까? 이제는 청소년들이 직접 보게 해야 한다. 그것이 내가 ‘틴턴 Teen Turn’을 추천하는 이유다. 고등학생 인턴들을 향한 홍주은 대표의 환대가 25년 차 교사의 마음에 차곡차곡 쌓인다.

송원석 파주 문산고등학교 사회 교사 / 〈민주주의 언박싱〉, 〈내가 나같지 않아서〉, 〈우리끼리면 뭐 어때〉 공저자

10대들도 사회생활을 할 수 있을까? 사회생활이 필요할까? 학교 또는 온라인 세상에서 빠져나와 실제 사람과 부대끼고 내 세계가 깨지고 성장하는 시간은 누구에게나 인생의 핵심 경험이 될 수 있다. 내가 아는 것이 어떻게 쓰이는지, 어떤 태도로 일하며 살아가야 하는지 눈으로 보고 느낄 수 있기 때문이다. 10대라고 예외는 아니다. 어떤 환경에서 누굴 만나느냐가 더 중요해지는 대목이다. ‘틴턴’은 진저티프로젝트라는 특수한 장소와 사람들이 사실은 어디에나 존재할 수 있음을, 존재해야 됨을 일깨워주는 기록물이다. 우리 또한 틴턴으로부터 배우고 성장한다. 이들로부터 배우고 성장할 준비가 된 조직이 더 많이 필요하다. 새로운 관계 맺기를 통한 배움에 관심 있는 모든 어른들에게 추천한다.

김하늬 유쓰망고 대표 / 〈리얼 월드 러닝〉 저자

Contents

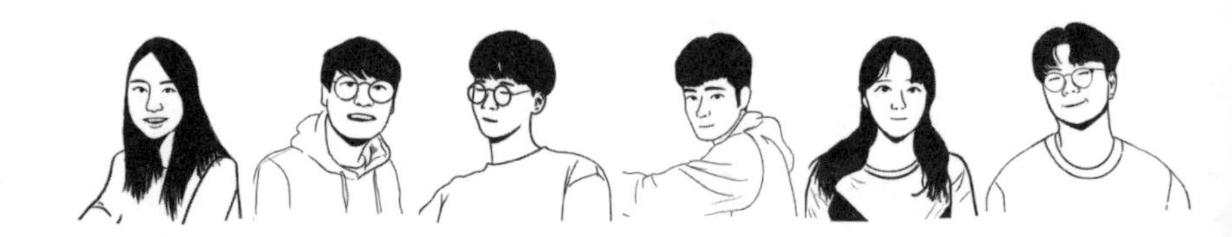

Prologue

청소년도 동료가 될 수 있을까?

청소년도 동료가 될 수 있을까?

어쩌다 시작한 실험이 여태 이어지고 있다.

한 명 두 명 청소년이 우리를 찾아오고 때로는 우리가 초대하여 맺은 인연들이 어느덧 열 한 명에 이른다. 짧게는 한 달, 길게는 일 년 반까지 청소년 동료들과 함께하는 시간이 쌓여갈 수록 과연 이 경험은 청소년들에게 그리고 우리에게 어떤 의미 일까를 곱씹어 보게 된다. 처음 시작할 때는 이렇게 오랫동안 지속하게 될 거라고 상상하지 못했기 때문이다. 분명 어쩌다 시작한 실험인데, 시간이 흐르고 경험이 쌓이고 회고를 거듭하다 보니 우리만의 배움, 지속해야 할 의미가 생겨났다.

청소년을 동료로 맞이하고 함께 일하며 우리에게는 익숙하지 않은 관계와 낯선 경험들이 하나둘 쌓여갔다. 경험은 힘이 세서, 청소년들과의 축적된 경험은 나와 동료들에게 적잖은 파장을 일으켰다. 물론, 청소년 동료들에게도 마찬가지다. 하루 8시간 주 3일에서 5일까지, 제법 오랜 시간을 함께 보내지만, 부모-자녀나 교사-학생, 그렇다고 전형적인 상사-부하 직원도 아닌 이 관계는 청소년들에게도 우리에게도 결코 쉽지 않았으나 분명 새로운 이해와 관점, 배움을 열어준 관계임이 틀림없다. 만남이라는 모험*은 언제나 우리를 새로운 세계로 인도하니까. 이 책은 그 파장에 대한 회고이자, 우리를 거쳐 간 청소년 동료 한 사람 한 사람의 변화와 성숙에 대한 기록이다.

여섯 해에 걸쳐 열 한 명의 고등학생 인턴들과 함께한 이상 한 회사 진저티프로젝트(이하 진저티)의 이야기, 이쯤 되면 단순 실험이 아니라 연구 주제가 아닐까 생각하던 찰나 이 책이 태어났다. 일단 연락이나 한 번 해볼까? 요즘은 다들 어떻게 지내나? 진저티에서의 고등인턴 경험을 함께 회고해보면 어떨까? 이왕이면 다음에 올 후배 인턴들에게 해주고 싶은 조언들까지 물어보자! 궁금한 질문들을 엮어 인터뷰지를 만들어 보내고 한 명 한 명 인터뷰하기 시작했다. 이따금 안부를 묻곤 했지만 진지하게 인터뷰를 해보자니 영 쑥스러워하는 친구들도 없지 않았다. 뭐, 첫 반응이 무색하리만큼 이내 단단하고 또렷한 목소리들을 내기 시작했지만 말이다. 나 역시 이들의 이야기를 들으면 들을수록 '이건 뭐지?' 더 궁금해졌고 더 들어보고 싶다는 생각이 차올랐다.

* **만남이라는 모험** : 프랑스의 작가이자 철학자인 샤를 페팽의 책 제목이다. 샤를 페팽은 만남이란, 우리 자신이 어떤 사람인지를 드러내고 세상으로 향할 수 있도록 이끌어 주는 삶이라는 모험의 중심에 자리 잡고 있다고 말한다. 내가 나와 만나기 위해서는 타인과의 만남, 세상과의 만남이 필요하다.

인턴으로 함께한 시기가 다르다 보니 경험한 내용들도 가지 각색이다. 진저티가 지나온 조직의 사계절을 인턴들도 고스란히 느끼며 함께 호흡해 온 것이다. 진저티 초창기에 함께한 친구들은 두 평 남짓한 역삼동 사무실에서의 장면들을 꺼내어 추억에 잠기게 해주었고, 진저티가 급성장했던 시기에 함께한 친구들은 눈코 뜰 새 없이 바빴던 시간 속에서 자신들 역시 폭풍 성장했다는 것을 깨닫고는 신기해했다. 한편, 갑작스럽게 마주한 코로나19 팬데믹과 재택근무가 인턴 경험에도 적잖은 타격을 입혔다는 사실은 다시 회고해도 아쉽다. 우리는 시간여행을 하듯 혹은 서로의 일기장을 펼쳐보듯 대화를 이어갔다.

이 대화들 속에서 가장 인상적이었던 대목은 저마다의 인턴십 경험을 분명한 '자기 언어'로 회고하고 있다는 점이다. 이것이 놀랍지만, 또 놀랍지 않은 이유는, 우리가 이미 수많은 회고를 함께 해왔기 때문이리라. 다만 시간이 좀 더 흐른 뒤의 회고가 주는 또렷함과 묵직함은 분명 달랐다. 이들의 회고 뒤에는 사실 수많은 '어땠어요?'가 차곡차곡 쌓여있다. 우리는 미팅을 마칠 때, 워크숍을 마칠 때, 한 주를 마칠 때, 인턴십을 마칠 때 의식ritual처럼 어땠는지를 물어보고 스스로 돌아보았다. 그 크고 작은 회고의 점들dots이 모여 어느덧 자기만의 선line을 만들어 낸 것이 아닐까. 청소년 동료들과 함께한 우리의 가장 중요한 역할은, 물어보고 들어주고 읽어주는 것이었다.

지금은 어엿한 청년이 된 이들과 인터뷰를 빙자해 나눈 이 깊은 대화의 최대 수혜자는 바로 나다. 어쩌다 보니 '다음 세대'라는 주제를 가지고 9년째 일하고 있는 나 자신의 정체성과 역할, 그리고 '개인과 조직의 건강한 변화를 돕는 실험실'로서 진저티가 하고 있는 또 해야 하는 일의 의미와 가치가 더욱 선명해지는 시간이었기 때문이다.

열 한 명의 이야기를 따라가다 보니, 이들의 인턴십 경험은 자신의 안전지대comfort zone를 벗어나 진짜 세상real world과 부딪히며 스스로를 마주하고 변화시키게 된 '전환적인turning' 경험이었단다. 부모도 교사도 친구도 아닌 (그렇다고 전형적인 직장 상사도 아닌) 어른들과 새로운 관계를 맺고, 출퇴근과 회의, 출장은 물론 태어나 처음 해보는 수많은 일들을 경험하면서, 학교 밖 세상을 마주하고 그 속의 나를 마주하는 이 모험 같은 여정 속에서, 청소년들은 다른 무엇보다 자기 자신에 대해 제일 잘 알게 되었고 스스로를 변화시키게 되었다고 한목소리로 말한다.

그리하여 이 책의 제목은 틴턴teen turn이 되었다. 틴턴은 청소년 인턴teentern이라는 의미도 있지만 그보다 더 중요한 의미는 '변화와 차례turn'에 있다. 우리는 청소년 인턴십을 통해 자신의 고유함을 발견하게 된 동시에 새롭게 변화하게 된turning 청소년들을 만났고, 이제 우리들의 차례our turn라고 당당하게 이야기하는 무한한 가능성을 가진 청소년들을 만났다. 지금부터 그들의 이야기를 펼쳐보려고 한다.

이 책이 세상에 나올 수 있도록 나에게 청소년과 함께 일하는 법, 청소년의 변화와 성숙을 지원하는 일의 중요함에 대해 또렷하고 묵직한 목소리로 이야기해 준 열 한 명의 동료들에게 고맙다. 여러분은 나의 가장 젊은 동료들이자, 앞으로 가장 오래 함께할 동료들이다.

Story 1

어쩌다 틴턴

틴턴의 문을 열어준, 서명아

2016년 2월, 낯설지만 반가운 메일 하나를 받았다. 진저티에서 인턴으로 일해보고 싶다는 제천간디학교 명아의 메일이었다. 당시 진저티는 SNS 콘텐츠 제작을 위해 디자인 작업이 가능한 인턴을 모집 중이었는데, 그 공고를 보고 지원한 것이다. 메일에는 장문의 자기소개 글과 디자인 포트폴리오가 담겨있었는데, 밝고 당찬 명아의 에너지가 화면을 뚫고 나오는 것 같았다.

"간디학교에서는 고3 때 의무적으로 인턴십을 해야하는데요, 활동할 단체를 선정하는 것부터 연락하는 것까지 학생들이 스스로 해야 돼요. 저는 다양한 비영리 단체들이 하는 일, 그곳에서 일하는 사람들이 궁금했고, 동시에 관심있었던 디자인 업무도 함께 할 수 있으면 좋겠다고 생각했어요. 관련해서 검색하다가 진저티프로젝트를 알게 되었는데, 디자인 툴을 다룰 수 있고 SNS를 활용할 수 있는 인턴을 뽑는다는 문구를 보고, 제 바람과 딱 맞아 떨어진 곳을 찾게 되어 반가운 마음에 적극적으로 연락을 드렸어요."

당시만 해도 '고등학생 인턴'이 드문 때여서 진저티 구성원들은 적잖이 놀랐다. 대한민국에서 고3 학생들에게 입시 준비가 아닌 인턴십을 필수로 요구하는 학교가 있다니 반가우면서도 궁금했다. 우리답게 일하고 싶어서 어쩌다 창업까지 하게 된 진저티이기에, 자기 삶을 적극적으로 개척해 나가는 열아홉 살 명아의 부름에 기꺼이 응답하기로 했다. 그 응답이 앞으로 우리에게 일어날 특별한 모험의 서막이라는 것을 알지 못한 채 말이다.

명아는 세상을 바꾸는 일 그리고 세상을 바꾸는 사람들에 관심이 많은 친구였다. 그도 그럴 것이 명아는 경기도 안산 출신이다. 세월호 희생자가 가장 많았던 단원고 근처에서 자랐다고 했다. 세월호 참사를 겪은 동시대의 모든 청소년들은 이전과 다른 감각으로 사회를 마주하며 성장했을 터, 한창 사춘기 때 눈 앞에서 겪은 비극은 명아에게 유독 크고 아픈 상처로 남았을 것이다.

명아는 인턴십을 하는 중에도 틈틈이 사이드 프로젝트로 학교 친구들과 함께 세월호 추모 캠페인을 진행하며 굿즈를 만들어 크라우드펀딩을 런칭했다. 우리는 점심시간마다 회사 근처 식당에서 점심을 먹으며 또 산책을 하며 서로의 일상과 생각들을 참 많이 나누었는데, 명아는 세월호 참사를 포함한

다양한 사회 문제와 그 문제들을 해결해나가는 방식, 문제를 해결하기 위해 앞장서는 사람들에 대해 이야기 나눌 때 더욱 눈을 반짝였다.

진저티에 오기 전에도 명아는 학교와 마을을 넘나들며 이미 크고 작은 활동들에 참여해 왔고 또 주도해본 경험이 있었다. 뿐만 아니라 포스터와 굿즈, 독립출판물 등을 제작해 본 경험 덕분에 웬만한 디자인 툴들을 능숙하게 다룰 줄 알았다. 무엇보다 작은 체구에서 뿜어져 나오는 긍정 에너지로 주변 사람들에게 기운을 북돋아 주는 매력적인 친구였다. 진저티에서 3개월 남짓 함께하면서 교육이나 행사에 필요한 콘텐츠의 비주얼적인 부분을 서포트하는 역할을 주로 맡아서, 프레젠테이션이나 스티커, 카드 뉴스 등을 디자인했다.

당시 진저티가 주력하고 있던 비영리 조직 및 활동가들을 위한 교육 프로젝트의 홍보 콘텐츠를 맡아 공익활동가를 직접 인터뷰하여 콘텐츠를 제작하기도 했는데, 명아는 그 작업을 의미 있는 경험으로 꼽았다. 같은 시기에 인턴을 했던 웅수와 함께 인터뷰의 기획부터 진행, 결과물을 페이스북에 올리는 것까지 스스로 주도해 본 경험이었을 뿐 아니라 각자의 방식으로 세상을 조금 더 나은 곳 으로 만드는 사람들과의 조우였기에 잊지 못할 장면으로 남았으리라.

> “BIC 프로젝트에 참여했던 활동가분을 인터뷰해서 콘텐츠로 만들었는데 그때 개인적으로 나눴던 이야기들이 지금까지도 기억에 남아요. 교육에서 만났을 때는 다수로 만나다 보니 깊은 이야기를 나눌 수가 없었는데, 인터뷰에서는 제가 준비해 간 진짜 궁금했던 질문들을 가지고 마주 앉아 이야기를 나누다 보니 그분이 왜 그 일을 하고 있는지, 어떤 가치를 가지고 일하는 지에 대해서 깊게 이해할 수 있었던 것 같아요.”

만남은 힘이 세다. 만남은 청소년이 자신과 세상을 알아가는데 필요한 경험 중 가장 강렬한 경험이다. 다른 경험들 보다 개인적이고 실제적이기 때문이다. 청소년은 만남을 통해 자신의 세계를 확장하며 낯설지만 새로운 세계로 탐험을 시작한다. 그뿐만 아니라 만남은 새로운 관계 맺기를 기본으로 하는 쌍방향적인 경험이기 때문에 청소년뿐 아니라 상대방에게도 의미를 만든다. 서로의 세계가 충돌하는 이 강렬한 경험은, 때로 가치관을 형성하는 중요한 전환점이 되기도 하고, 인생을 살아가는 힘이 되기도 한다.

"진저티에 있으면서 가장 뿌듯했던 건, 인턴십 동안 진저티의 구성원 중 한 명으로서 제 역할을 할 수 있었다는 거였어요. 고등학생인데도 저를 믿고 맡겨주시고, 제가 어떤 역할을 할 수 있을지 고민을 많이 해주신 것 같아요. 존중받는 느낌이 들었어요. 진저티에서 얻은 성취감과 인정받았던 경험들이 쌓여 그 후로도 자신감 있게 제 인생의 선택들을 해나갈 수 있었던 힘이 되어준 것 같아요."

명아는 진저티에게 고등인턴십의 가능성과 필요성을 처음으로 일깨워 준 친구다. 대학생 인턴들과의 협업 경험은 이전에도 많이 있었지만, 고등학생 인턴은 처음이라 과연 이들과 함께 일다운 일을 할 수 있을까 막연한 염려를 갖고 있었다. 그런 어른들에게 명아가 날려준 야무진 펀치는 제법 신선했고 한편으로는 고마웠다. 나아가 그녀는 스스로를 그리고 다음에 올 인턴들을 고등인턴이 아닌, 그냥 인턴이라 불러달라고 당당하게 요구하기도 했다.

"고등인턴이 아니라 그냥 인턴이라고 불러주셔도 좋을

것 같아요! 고등학생 시기에 인턴을 하는 것이 특별한 경험이긴 하지만, 인턴을 하는 동안에는 진저티의 다른 구성원들과 마찬가지로 일부가 되는 거니까요. 저는 제가 고등학생일 때 성인들 사이에서 미성년자, 고등학생이라는 타이틀로 불리면서 뭔가 덜 성숙한 사람, 처음부터 낮은 기대치를 가지고 바라보는 느낌이 들었을 때 좀 억울했어요. 사실 한두 살 차이로 성인과 미성년자로 나뉘기도 하잖아요."

명아로부터 시작된 진저티의 고등인턴십은 어느덧 7년째 이어져 오고 있다. 신기하게도 매년 한 명 이상의 고등학생들이 진저티의 인턴으로 함께하고 있다. 명아 이후 제천간디학교에서 온 창기와 승훈, 우제는 물론 이렇게 저렇게 닿은 인연으로 진저티는 십대 구성원도 충분히 제 몫의 역할을 할 수 있는 조금 특별한 회사로 성장하고 있다. 진저티를 거쳐 간 고등인턴들의 숫자가 계속해서 늘다 보니 명아의 말마따나 '고등학생 인턴'과 '그냥 인턴'의 차이를 진지하게 고민하게 되었다. '고등학생'이라는 '나이'로 특정짓기보다는 '인턴'이라는 '경험'에 좀 더 무게를 실을 필요가 있겠다는 나름의 결론에 도달했다. 진저티에는 고등학생 인턴은 물론 대학생 인턴 그리고 니트NEET; Not currently engaged in Education, Employment of Training 시기를 지나는 중에 인턴을 하게 된 이들도 있는데 사실 그들 사이에 뚜렷한 역량의 차이가 있는 것은 아니다. 오히려 고등학생 인턴들이 청소년 주도 프로젝트나 교육 프로젝트에 있어서는 당사자로서 더 큰 활약을 펼치기도 한다.

"하자센터와 함께 특성화고 학생들을 위한 진로 캠프를 진행했던 게 기억에 남아요. 저랑 나이가 한두 살 정도 밖에 차이 안 나는 또래 친구들이었는데 저는 인턴으로 참여하는 입장이다 보니 캠프를 이끌어야 되서 더 잘해야겠다는 책임감을 느꼈어요. 다들 많은 걸 느끼고 갔으면 좋겠다고 생각해서 어떻게 하면 동기부여를 할 수 있을까 더 재밌게 활동에 참여할 수 있을까를 많이 생각했어요. 항상 학생이었는데 다른 역할, 다른 관점을 가지고 참여하다 보니 조금 더 전체를 보는 눈을 갖게 되고 전체적인 분위기나 혹시 소외되는 친구는 없는지 같은 것들이 많이 보였어요. 제가 맡았던 팀의 친구들도 생생하게 기억에 남고요!"

고등학생이든 대학생이든, 인턴 경험에서 가장 중요한 것은 나이가 아니라 '관점'이다. 인턴은 이 경험을 어떻게 바라보고 있는가, 우리는 인턴을 어떻게 바라봐야 하는가, 인턴과 우리는 이 경험 그리고 서로를 어떻게 바라보는가가 가장 중요했다. 나의 세계를 뛰어넘어 부딪히고 배우며 성장하고 싶다는 마음, 인력이 아닌 인생으로 그이들을 마주하겠다는 마음이 아니었다면 진작에 포기했을 실험이다. 그렇게 우리는 2016년 아무런 준비없이 덜컥 고등인턴십이라는 실험을 시작하게되었다. 우리에게는 참고할 만한 레퍼런스도 사전 준비도 없었다. 다만, 이 친구에게 지금 이 경험이 필요할 것 같고, 중요할 것 같다는 막연한 기대와 긍정이 있었을 뿐이다. 실험이란 원래 다 그렇게 시작하는 것 아닌가.

열아홉 살 때 처음 만난 명아는 지금 네덜란드의 한 미술대학에서 디자이너의 꿈을 키우고 있다. 명아는 자기 앞의 길이 있든 없든 스스로 개척해 나가기를 주저하지 않는 멋진 친구다. 때때로 명아가 열어준 새로운 인턴십의 문이 진저티에게 생각보다 중요한 마일스톤이었구나 놀라곤 한다. 그 문으로 들어온 열 명의 또 다른 인턴들과의 만남, 서로 배움의 여정을 그 때의 우리는 상상조차 못 했으니까 말이다.

명아로부터 시작된 틴턴, 그 시작은 조금 낯설지만 용기내어 문을 두드리는 것으로부터 출발한다. 그 첫걸음을 활짝 열어준 명아가 그랬듯이.

Story 2

목적 없이 순수하게

북에서 온 나의 선생님, 이웅수

나를 선생님이라고 부르는 소년이 있다. 지금은 명백한 청년이나 그를 떠올리면 언제나 처음 만났던 시절의 맑은 소년이 눈 앞에 서 있기 때문이다. 소년은 생일이나 스승의 날이면 어김 없이 "선생님~ 잘 지내셨어요?"하고 다정하게 안부를 묻는다. 우리가 처음 만난 것은 탈북청소년 대안학교인 여명학교의 방과후 독서 수업에서다. 소년의 이름은 이웅수. 웅수는 새까만 머리카락에 까무잡잡한 피부, 큰 눈과 시원한 미소를 가진 북한에서 온 나의 특별한 제자다.

소년과 나의 만남은 2014년으로 거슬러 올라간다. 유학하는 남편을 따라 미국에서 6년의 경력 단절 기간을 보낸 나는, 진저티의 공동창업자 중 한 명이자 내 인생의 전방위 코치인 현선 님의 이끎에 힘입어 그해 여름 다시 일을 시작할 수 있었다. 한국을 떠나 있었던 시간만큼이나 많은 것이 바뀌어 있었고, 빨리 적응하고 싶은 마음과는 다르게 좀처럼 일이 손에 잡히지 않았다. 인생의 새로운 구간에 적응하느라 고군분투하는 와중에, 매주 목요일 퇴근 후 남산 자락에 위치한 여명학교에서 자원 봉사 활동을 시작하게 되었다. 솔직히 자원봉사를 할 만큼 심신의 여유가 있었던 것은 아닌데 일터에서도 집에서도 뭐하나 제대로 못하는 것 같은 나의 쪼그라든 마음에, 탈북청소년들과의 독서 수업은 한 줄기 빛 같고 숨 쉴 틈 같은 시간이었다.

대여섯 명의 탈북청소년들과 다양한 문학 작품들을 읽고 생각을 나누며 글로 표현해 보는 독서 수업을 1년 반 정도 이어갔다. 함께 읽을 책을 고르고 작가에 대한 짤막한 소개와 질문을 준비해 가는 정도가 나의 일이었고, 대부분은 청소년들이 주축이 되어 대화를 나누고 글을 쓰고 서로의 글을 낭독하는 시간으로 채웠다. 사선을 넘어온, 부모를 잃은, 북에 가족을 두고 온 이들이 글을 통해 들려주는 삶의 곡절들은 내가 감히 상상할 수조차 없을 만큼 깊고 어두웠다. 수업 시간에는 차마 놀라는 척, 슬픈 척을 할 수가 없어서 수업을 마치고 남산을 내려와 버스에 앉아서야 비로소 눈물이 차오르곤 했다. 내 삶의 힘듦은 힘든 축에도 못 끼는구나. 철없는 투정들이 눈물에 씻겨나갔다.

3학기를 지나는 동안 멤버들이 조금씩 바뀌긴 했지만, 웅수는 언제나 함께였다. 같은 문장을 읽고 서로의 생각을 나누고 글로 다듬어 표현한다는 것은 실은 한 사람의 내면을 깊숙이 들여다볼 수 있는 흔치 않은 기회인데, 그 작업을 1년 반 넘게 하면서 웅수의 지나온 삶과 생각의 흐름을 가까이서 엿볼 수 있었다. 무엇보다 문학소년 웅수만의 감성이 담긴 촉촉한 글들은 언제나 내 마음에 와서 콕! 하고 박혔다. 북에 두고 온 할머니에 대한 그리움을 담은 시가 그랬고, 사람답게 일하고 싶다는 미래의 직업 십계명이 그랬다. 글 속에 담긴 웅수의 반듯하고 따스한 마음을 마주할 때마다 쪼그라들었던 내 마음이 다리미로 쫙쫙 펴지는 것만 같았다. 스스로가 못나 보이고 어떻게 헤쳐 나가야 할지 막막했던 그 시절, 나는 웅수를 비롯한 독서 수업 친구들의 생명력, 순수함, 반짝임에 기대어 다시 일어서곤 했다.

탈북청소년들과의 우정이 무르익을 즈음 내 일과 삶도 조금씩 안정기에 접어들었고 둘째를 임신하게 되어 더 이상 수업을 이어갈 수 없게 되었다. 웅수와도 잠시 헤어지게 되었는데, 그 역시 대입 준비를 하느냐고 바쁘게 지내다가 어느덧 합격자 발표날이 되었다. 웅수의 실력이면 원하는 대학에 무난하게 합격 할 수 있겠다 싶었는데, 늦은 밤 예상 밖의 전화를 받았다.

"선생님, 저 떨어졌습니다. 재수하려고요." 담담하게 말했지만 속상한 마음이 고스란히 전해지는 풀 죽은 목소리에 내 마음도 쿵 하고 내려앉았다. "뒤쳐지는 것이 아닌 더 단단해지는 1년이 될거야." 기운을 북돋아 주려고 애썼지만, 이 말이 웅수에게 과연 얼마나 도움이 될까, 정말로 그런 1년을 보낼 수 있을까 사실 나도 장담할 수는 없었다. 그때 현선 님이 웅수가 재수하는 동안 진저티에서 인턴십을 해보면 어떨까 제안했고, 마침 제천간디학교의 명아도 인턴십을 지원해 온 터라 얼떨결에 그러나 운명적으로 진저티의 고등인턴십이 본격화되었다.

웅수가 마주한 뜻밖의 '멈춤' 그리고 진저티에서의 인턴십은 분명 또 한 번의 낯선 세계로의 걸음이었을 것이다. 그러나 경로를 벗어난 듯한 그 낯선 걸음이 실은 웅수에게 꼭 필요한 시간이었음을 우리는 머지않아 확인할 수 있었다.

> "재수하기로 결심했을 때 사실 막막했어요. 가족들과 떨어져 타지에서 홀로 지냈는데 친한 친구들마저 모두 대학 생활을 시작하게 되면서 점점 소통의 벽이 생겨버렸거든요. 이런 벽을 느끼기 시작했을 때부터 자연스레 사람들과의 관계가 소원해지더라고요. 한마디로 어디에도 소속되지 못하고 홀로 외롭게 공부하고 있을 때 진저티의 인턴십 제안은 한 줄기 빛과 같았어요. 진저티를 통해 만나게 된 사람들과 조금씩 소통하게 되면서 관계를 쌓

게 되고 새로운 일을 배우다 보니 대입에 실패한 재수생이 아니라 '진저티 인턴'으로서 자부심도 생기고 제 스스로를 자책하던 모습들도 사라졌어요. 제가 가장 힘들었던 순간에 진저티의 인턴으로 일할 수 있게 도와주신 선생님들께 감사해요. 합격의 여부로 사람을 판단하는 냉혹한 현실 세계에서 제가 새롭게 만난 세상은 너무나도 따뜻했거든요."

"재수하면서 제가 좀 많이 변했어요. 그전에는 부끄럽지만 좀 교만했던 것 같은데, 재수하면서 겸손해진 것 같아요. 사실 떨어질 줄 몰랐거든요. 그전에 저는 한 곳만 바라보던 사람이었는데 재수하고 인턴 하면서 관심사도 다양해지고, 나 자신에 대해 더 깊이 생각할 수 있는 시간도 갖게 되었어요. 나는 앞으로 어떻게 살아야 할까 내 앞의 삶을 어떻게 헤쳐 나가야 할까를 진심으로 고민하게 된 것 같아요. 간절해지니까 신앙적으로도 더 성장하게 되었고요. 여러 부분에서 성숙해진 계기가 된 것 같아요."

"대학에 입학해 보니 재수한 친구들과 바로 입학한 친구들 사이에 크게 다른 점이 없더라고요. 오히려 저는 재수하면서 인턴십을 통해 새로운 경험을 하게 되고 배운 것들이 많았다는 게 정말 크게 느껴졌어요. 친구들이 재수할 때 뭐했냐고 물어보는데, 인턴을 했다고 하면 신기해하더라고요. 공부만 하지 않고 인턴십을 하기로 한 결정이 놀랍다고요."

인생을 살아가다 보면 누구나 예상치 못한 '멈춤'을 경험하게 된다. 자의든 타의든 앞만 보고 달리다가 갑자기 멈춰 서게 되면 '나는 누구 여긴 어디' 앞이 캄캄해진다. 나 역시 여러차례 멈춰 서게 되었을 때 무엇을 어떻게 해야 할지 모르는 바보가 된 것 같았고 한 없이 쪼그라들었었다. 달리다 보면 멈추고 싶지 않은 것이 인지상정이지만, 실은 더 오래 더 멀리가기 위해 멈춤은 꼭 필요하다. 이따금 그때 내가 멈추어 서지 않았다면 나는 지금 어떤 괴물이 되어있을까 아찔하다. 사람이 너무 달리기만 하면 몸의 어딘가가 고장 나기도 하고, 혹은 주변을 돌아볼 줄 모르는 진짜 쪼그라든 마음을 가진 괴물이 될 수도 있으니까. 내가 멈춰 서 있다가 다시 걸음을 내디뎠을 때, 탈북 청소년들과 낯설지만 깊은 사귐을 통해 다시 일어설 용기를 얻었듯이, 웅수 역시 잠시 멈춰 선 그때 진저티에서의 인턴십이라는 낯선 세계와의 만남을 통해 진짜 자신을 마주하며 더 단단해질 수 있었으리라.

시어도어 다이먼은 〈배우는 법을 배우기〉에서 멈춤이 곧 배움의 비결이라고 말한다.

'대개 배움의 열쇠는 애쓰는 것이 아니라, 멈추어 명료하게 생각하는 데 있다. 즉, 당신이 늘 하던 방식대로 행하는 것을 멈추는 것이 배움의 비결이라고 할 수 있다.'

한편, 멈춤은 인간의 성숙을 위해 꼭 필요한 것임에 틀림없지만 결코 아름답고 따뜻하기만 한 것은 아니다. 멈춰서서 진짜 나를 마주한다는 것은 때로 고통스럽기까지 하다.

"진저티에서의 인턴 경험이 되게 재밌었는데요, 한편으로는 일하면 할수록 어른들이 정말 대단하구나 느꼈어요. 진저티가 다른 조직들도 많이 만나시잖아요. 그런 회의나 만남 자리에 항상 저희를 데려가 주셔서 우리 회사 일이나 다양한 조직들이 활동하는 것에 대해 듣다 보면, '나는 지금까지 뭘 배운 거지, 뭘 하고 있었던 거지?' 싶은 생각이 들었어요. 학교에서는 전혀 안해 본 일들을 처음 듣고 보고 또 해보니까 미숙하고 서툴고 어렵잖아요.

그러다 보니 제 스스로 '아, 내가 학교에서 너무 공부만 했구나'라는 생각이 들었어요."

"인턴 하면서 가장 크게 느꼈던 것이 '내가 잘 할 수 있는 게 없구나'였어요. 진저티 분들과 책 한 권을 나눠서 읽고 각자 자기 파트에 대해 요약 발표하는 스터디를 한 적이 있는데, 책의 한 챕터를 읽고 요약해서 발표하는 것도 너무 어렵게 느껴졌어요. 물론 책 내용이 '조직 경영과 리더십'에 대한 거라 제가 다 이해하기 어려운 부분도 있었지만요. 블로그 포스팅을 위한 글 작성도 생각만큼 쉽지 않더라고요. 회사를 대표해서 글을 써야된다는 부담감 때문에 더 그랬던 것 같아요. 맡겨주시는 대부분의 업무들을 내가 제대로 파악하고 있는 게 맞는지 의문이 들 때가 많았어요. 나의 부족함을 느끼며 이런 부담감이 가중될 때마다 '진짜 공부를 하고 사회에서 쓰일 수 있는 진짜 실력을 갖추어야 하는구나' 다짐할 수 있었어요."

멈추면 비로소 보인다는데, 솔직히 멈춰도 잘 안 보인다. 멈춰 서서 주변을 면밀히 관찰해야 보이고, 스스로에 대해 질문하며 깊게 회고해야 보이고, 혹은 한참의 시간이 지나야 제

대로 보인다. '나는 지금까지 뭘 배운 거지? 내가 잘할 수 있는 게 없구나!'

웅수는 멈춤의 시간을 통해 '내가 아는 것과 모르는 것 사이의 간극', 진짜 자기 모습을 마주하게 되었다. 가만히 멈춰 서서 주변의 어른들을 주의 깊게 관찰하며 학교에서의 배움이 사회에서 어떻게 쓰일 것인가를 처음으로 고민하게 되었다. 그러면서 앞으로는 어떤 공부를 해야하는지, 어떤 실력을 갖추어야 하는지 스스로 알아차리게 된 것이다.

얼마 전 웅수와 고등인턴 경험의 의미를 다시 한번 회고했다. 그때는 보이지 않았던 것이 또 새롭게 보인단다.

> "제가 경험한 진저티는 '자유로움'이에요. 인턴십 이후 대학 생활을 하게 되고 졸업 후에 조금이나마 사회를 경험하고 나니, 진저티만큼 자유로운 조직이 없는 것 같아요. 일하다가 갑자기 피크닉도 가고 그랬잖아요, 근데 또 피크닉 가서 그냥 쉬기만하는 게 아니라 일 이야기하고요. (웃음) 일과 삶의 조화가 자유롭게 이루어져서 뭔가 압박적으로 일만 하지 않으면서도 늘 대화를 나누는 문화가 좋았어요. 진저티 파티 때 인턴들에게 자유롭게 질문할

수 있는 시간을 주셨는데, '아직 업무가 뭐가 뭔지 하나도 모르겠다. 그래서 좀 답답하다'고 말씀드렸더니, '모르는 것이 당연하다, 다 알면 더 힘들다. 하다 보면 익숙해질 거다.'라고 말씀해주셨어요. 그런 이야기를 듣고 나니까 '아. 지금 내가 모르는 게 당연하구나' 약간 안도감이 생기고 자유로워졌어요. 그런 분위기, 그런 문화가 참 좋았어요. 다음에 올 고등인턴들도 그런 자유로움 속에서 솔직하게 자신의 생각과 질문을 나누면 좋겠어요. '인턴이라면 이렇게 해야만 해'라는 인식을 깨고 자신을 솔직하게 드러내고 또 마주할 수 있으면 좋겠어요."

"'인턴'이라고 하면 뭔가 '스펙' 같은 걸 먼저 떠올리잖아요. 다들 인턴을 하나의 '수단', 경력을 쌓기 위한 스펙중의 하나로 보니까요. 대학생 입장에서는 경력을 쌓을 수 있는 게 인턴십밖에 없어요. 입사할 때는 그런 경력들을 요구하고요. 그런데 고등인턴 경험은 좀 다른 것 같아요. 단순히 스펙 쌓기를 위한 시간이라기보다 더 큰 가치를 배우는 시간인 것 같아요. 실제로도 수단이나 경력 쌓기와는 거리가 있고요. 책에서 보는 세상이 아니라 직접 부딪혀 보는 세상에서 나에 대해 깊게 고민도 해보고, 내 꿈의 크기를 직접 가늠해 보면서 '목적 없이 순수하게' 그 꿈을 찾아가 보는 경험이라, 좀 더 진짜 경험인 것 같아요. 그래서 더 소중한 것 같고요."

인생은 어린 시절 꿈꾸었던 것과는 달리 쭉 뻗은 고속도로가 아닌 울퉁불퉁 구불구불 여러 갈래의 비포장도로로 펼쳐진다. 어디로 가는지 모를 때도 있고, 가다가 지쳐서 멈춰서야 할 때도 있고, 이 길이 아닌가 봐 처음부터 다시 시작해야 할 때도 있다. 그렇게 매번 목적지를 수정하게 되고, 다 왔다 싶을 때쯤 새로운 목적지가 생기기도 한다. 우리 앞에 그런 인생이 펼쳐질 거라는 걸 청소년기에는 어느 누구도 예상하지 못한다. 곁에 있는 어른들 역시 모르기는 마찬가지. 각 사람의 개성이 다 른 것도 있지만, 세상의 변화가 너무 급격해서 예측할 수 없는 것도 있다. 나는 누구인지 세상은 어떤 곳인지 가만히 멈춰서서 들여다보고 다양하게 부딪혀 보는 경험, 내 꿈의 방향과 크기를 목적 없이 순수하게 탐색해 보는 시간이 필요한 이유다.

웅수와의 첫 번째 만남이 '위로'였다면, 두 번째 만남은 '질문'이다. 잠깐 멈춰 서면 왜 안 돼? 목적 없이 순수하게 보내는 시간의 내가 진짜 나잖아! 웅수는 나를 선생님이라고 부르지만, 실은 웅수가 나의 선생님이다.

서로의 맥락과 고민에 깊게 들어간 본 그 시간들을 통해 우리는 각자가 통과하는 인생의 구간들에서 꼭 필요했던 위로를 얻고 힘을 낼 수 있었다. 누가 누구를 가르쳤다기보다 서로가 서로에게 의지하며 한 걸음 더 나아간 시간이다. 나의 특별한 선생님, 웅수야 고맙다.

Story 3

오븐 팬의 긁힌 자국

우리 집 하숙생 1호, 이창기

우리 집에는 코팅이 벅벅 긁힌 둥근 오븐 팬이 하나 있다. 오븐을 샀을 때 부속품으로 받은 거라 망가져도 다시 살 수가 없는데, 오븐을 사용하려면 이 팬이 꼭 필요하기 때문에 코팅이 벗겨진 대로 여태 사용하는 중이다. 이 오븐 팬을 볼 때면 떠오르는 얼굴이 하나 있다. 우리 집 하숙생 1호 이창기, 하나밖에 없는 나의 오븐 팬을 박박 긁어놓은 바로 그 녀석이다.

일산으로 이사 온 지 일주일쯤 되었을 때, 회사 메일로 제천간디학교 학생 한 명이 고등인턴을 하겠다고 연락해왔다. 명아와의 이전 경험이 워낙 좋았기 때문에 흔쾌히 수락했고 사무실에서 한번 만나자고 했다. 얼굴이 하얗고 비쩍 마른 녀석이 조심스럽게 사무실 문을 열고 들어왔다. 제천간디학교의 신문사 편집장이고 환경단체에서 일하시는 어머니의 추천을 받아 진저티를 알게 됐다며 자신을 소개한다.

허세가 좀 있어 보이지만 붙임성이 좋고 게다가 학교 신문사 편집장이라니 〈고등학자〉 후속 프로그램에도 뭔가 기여할 수 있겠구나 싶었다. 긴장하고 있는 것을 들키지 않으려고 애써 여유 부리는 모습들 사이사이, 어쩔 수 없이 새어 나오는 순박한 미소와 웃을 때 사라지는 작은 눈, 급할 때 불쑥불쑥 튀어나오는 대구 사투리, 왠지 정이 가는 귀여운 친구다.

집이 대구라 인턴을 하게 되면 사무실 근처에 고시원이나 원룸을 잡을 예정이라고 말하는 찰나, 지나가던 (a.k.a 진저티 오지랖 대마왕) 현선 님이 주은 님네 방 남는다며 거기서 하숙하라고 부추긴다. 회사 근처 고시원이나 원룸은 비용도 만만치 않을뿐더러 청소년이 머물기에 썩 안전한 환경은 아니다. 현선 님의 오지랖에 나의 책임감이 더해져, 덜컥 하숙생을 받기로 했다. 이사 온 지 무려 일주일 만에…….

결정은 했지만 솔직한 내 마음은, 정리되지 않은 우리 집 마냥 뒤죽박죽 혼란스러웠다. 경계가 명확한 내 삶에 불쑥 등장한 낯선 존재 창기와의 만남은 그렇게 시작되었다. 어쩌다 공동대표, 두 아들 워킹맘, 하숙집 주인까지… 좌충우돌, 시행착오, 우여곡절 삼단 콤보의 여정이었음은 틀림없지만, 좀처럼 이해하기 힘들었던 십 대의 생각과 고민을 삶으로 체험한 중요한 전환점이었다.

우리 회사에 고등학생 인턴이 있고 그 인턴이 우리 집에서 하숙을 하고 있다고 말하면 많은 사람들이 놀라워했다. 말처럼 쉬운 일은 아니었다. 나는 '응답하라 1994'에 나오는 나정이 엄마처럼 맛있는 음식을 뚝딱 차려내지도 못하고 다정하고 푸근한 성격도 못되기에… 다만, 창기와 내가 삶으로 부대낀 수개월을 통해, 나는 청소년과 제3의 어른이 만나는 수많은 장면 중 제일 하드코어는 '삶으로의 초대'라는 것, 그리고 그 어떤 만남보다 더 힘이 세다는 걸 확신하게 되었다. 청소년과의 만남은 결코 아름답거나 우아할 수 없지만, 함께 하는 구체적인 일상 속에서 매일매일 부대끼며 생기는 끈끈함이 있다는 걸 말이다. 치열하게 미워도 해보고 갈등도 해 봐야 끝끝내 정이 생기더라는.

창기와의 동거는 서로의 일상을 고스란히 드러내는 것부터 시작됐다. 자고 일어난 부스스한 민낯에 무릎 나온 잠옷을 입고 소파에 널브러져 있는 인간 본연의 모습 같은 것 말이다. 달라진 것이 있다면, 나의 뇌 구조 안에 '밥'의 비중이 커졌다는 것 정도? 매일 저녁 뭐 해 먹을지를 고민하고 주말이면 일주일 치 밑반찬을 두둑이 만들어둬야 했다는 것인데, 솔직히 그 정도는 충분히 감당할 수 있었다.

가장 힘들었던 것은 창기의 흡연과 그런 행동들을 마주했을 때 어디까지 개입해야 하는지 그 경계가 모호하다는 것이었다. 그 또래 청소년들에게 흡연은 일상이라는 걸 머리로는 알고 있었지만, 실제로 마주하게 되니 불편한 마음을 감출 수가 없었다. 만약 창기가 내 아들이었다면 어땠을까, 분명 좀 더 적극적으로 개입했겠지만 나는 창기의 부모도 교사도 아니므로 '건강을 위해서 적당히 피우라'라는 애매한 조언밖에는 할 수가 없었다. 창기 역시 불편하고 답답했을 것이다. 온몸으로 눈총을 받으며 담배 한 대 피우기가 얼마나 어려웠을까. 창기의 흡연은 머지않아 회사에서도 갈등을 빚었다.

근무 시간에 담배 피우러 나갔다 들어오는 횟수가 잦아지면서 진저티 어른들의 마음이 불편해졌다. 가장 예민하게 창기를 지켜보고 있었던 진향 님의 온도가 서서히 올라가더니 어느 날 빵하고 터졌다. 처음부터 담배를 피우지 말라고 한 건 아니었다. 그런데 창기의 흡연 횟수가 잦아지면서 의문이 생겼다. '제천간디학교는 자유로운 분위기니까 흡연도 허용되나?' 학교에서 그런 구체적인 사항들에 대해서는 별도의 안내가 없었기 때문에 찜찜한 마음에 선생님께 상의했더니 교내에서는 강력하게 흡연을 규제하고 있다는 것을 알게 되었다. 창기에게 '학교에 물어보니 흡연은 안된다'더라고 했더니, '왜 학교 밖에서까지 자유를 억압하느냐'고 맞받아친다. 진향 님은 '진저티는 학교로부터 위임받고 창기 님의 인턴십 과정을 책임지고 있다'고 대답했고, 순식간에 사무실 분위기가 살벌해졌다. 두 사람의 대치 상황을 지켜보던 현선 님이 일단 진향 님과 창기를 분리했고, 금방이라도 창기를 내쫓을 기세였던 진향 님의 온도가 조금 내려갔다. 창기에게도 그 장면은 기억에서 지워버리고 싶은 부끄러운 순간이었단다.

> "인턴십 초반 두 달은 지워버리고 싶은 순간이 많았어요. 저 스스로가 부끄러웠거든요. 출근해서 게임했던 나, 담배 피워서 진향 님과 대치했던 나… 저 그때 열 받아서 담배 끊었잖아요. 그때 센 척하긴 했지만, 진향 님 진짜 무서웠어요. 근데 지나고 보니 진향 님이 제 은인 같아요. 저를 제일 잘 때려주신 분이랄까? 그 장면이 유쾌한 기억은 아닌데, 돌이켜 보면 제일 고마운 기억, 고마운 사람 같기도 해요. 저 때문에 고생 많이 하셨죠. 근데 어쩌겠어요. 저를 받으셨는데… (웃음)."

팽팽한 갈등 상황을 겪고 나면 마음 추스를 혼자만의 시간이 필요하기 마련인데, 창기와 나는 잠시 후면 저녁 식탁에서 또 얼굴을 마주하고 두 번째 대화를 나눠야 한다. 어떤 이야기부터 시작해야 할까? 퇴근길 버스에서 홀로 마음이 분주하다. 집으로 오는 내내 침묵하다가 식탁에 앉아 얼굴을 마주하고서야 비로소 '창기야, 오늘 힘들었지?' 감정부터 읽어준다. 그러고선 갈등 상황이 벌어진 원인과 각 사람의 맥락을 읽어주는

데 이해가 되는 것 같다면서도 속 시원히 화가 다 풀리지는 않은 것 같다. 무슨 이유가 됐든 일단 담배를 끊겠다는 것을 애써 말리지 않았고, 남은 인턴십 기간 동안 흡연 때문에 얼굴 붉히는 일은 없었다.

그날의 나는 분명 일터에서 만난 어른이라기보다 하숙집 주인의 정체성으로 창기를 바라봤던 것 같다. 만약 내가 일터에서만 창기를 만났더라면 나 역시 원칙과 기준을 설명하고 가르치는 데 집중했을 것이다. 그런데 왠지 센 척 하고 대드는 창기의 모습 속에서 뭘 해야 할지 몰라 불안하고 위축되고 답답해하는 감정이 읽혔다. 나마저 창기를 다그치면 그 마음의 둑이 와르르 무너져 내릴 것만 같았다. 정확한 이유는 알 수 없었지만, 처음으로 창기에게 하숙집 주인아줌마가 되길 잘했다는 생각이 들었다.

사실 창기는 뼛속까지 경상도 남자지만 다정하고 속이 깊은 친구다. 속된 말로 '츤데레'의 표본이랄까. 곁에 있는 사람들의 감정과 필요를 재빠르게 파악하고, 낯선 사람들과도 쉽게 어울리는 눈치 빠르고 붙임성 좋은 창기 덕분에 우리 가족은 새로운 터전에서 새로운 일상을 꾸리는 데 많은 도움을 받았다. 밥을 하고 있으면 어느새 수저를 놓고 있고, 밥을 다 먹고 나면 어느새 설거지를 하고 있는 창기의 싹싹함이 기특했고, 당시 아홉 살, 세 살 아들들에게 엄마 아빠 외에 의지할 수 있는 큰 형이 되어준 창기의 다정함이 고마웠다. 큰아이의 학교가 제법 멀어서 처음 몇 주간 혼자 등교하는 길이 걱정됐는데 창기가 출근 전에 데려다주겠노라 자청해 주어 얼마나 고마웠는지 모른다.

사람들과 어울려 이야기하는 걸 좋아하는 창기는 저녁 식사 후 기본 2시간 이상씩 식탁에 남아 우리 부부와 많은 대화를 나눴다 (얼떨결에 하숙집 주인아저씨가 된 남편은 제4의 어른으로 창기와 인연을 맺고 지금까지도 호형호제하며 지내고 있다). 요즘 읽고 있는 책, 책을 읽다가 생긴 질문, 미래에 대한 고민, 다른 친구들의 인턴십 이야기 등 창기의 이야깃주머니는 마치 화수분 같았다. 주제를 바꿔가며 쉴 새 없이 쏟아내는 창기를 보면서, 맞벌이하시는 부모님 아래 외동으로 자라 북적이는 식탁, 함께 대화 나눌 사람들이 늘 고팠던 건가 아니면 낯선 상황에 적응하려고 기를 쓰고 노력하는 건가 어느 쪽이든 참 신기한 친구라는 생각이 들었다.

그러나 흡연 사건에서도 엿볼 수 있듯이, 회사에서의 창기의 모습은 집에서와는 사뭇 달랐다. 일상생활 기술은 만렙에 가까운 녀석이 회사만 오면 위축되고 과묵해지는 모습이 낯설게 느껴질 정도였으니까. 심지어 인턴십을 시작하고 한 달 즈음부터 원인을 모르는 피부병까지 생겨 고통스러워했다. 한참 뒤에야 솔직하게 털어놓기를, 진저티에 제 발로 찾아오긴 했지만 정말로 뭔가 하고 싶어서였다기보다 벼랑 끝에서 어쩔 수 없이 오게 된 것이었단다. 환경단체에서 일하시는 어머니가 어디선가 듣고 알려주신 진저티프로젝트라는 회사의 홈페이지에 들어가 보니, 일단 회사 이름이 독특했고, '변화와 성장'이라는 키워드가 마음에 남았단다. 당시 창기는 학창 시절 모든 에너지를 쏟아부은 학교 신문사 운영에 한계를 느끼고 어디도 갈 곳이 없을 것 같다는 자포자기 상태였단다.

벼랑 끝에서 겨우 한 걸음을 내디뎌 찾아온 회사에서 틈만 나면 '너의 감정은 어떻니? 너의 생각은 어떻니?' 질문 공세를 받았으니, 솔직한 마음을 선뜻 털어놓기가 얼마나 힘들었을까. 다행인지 불행인지 창기에게 맡겨진 첫 업무 역시 〈고등학자〉 책을 읽고 고등학생으로서 솔직한 서평을 쓰는 일이었다. 책을 읽고 자기 생각을 말하는 활동은 간디학교에서 오랜 시간 훈련받은 일이었을 게다. 더구나 학교 신문사의 편집장까지 지낸 녀석에게 서평쯤이야! 그런데 웬걸 창기는 솔직한 자기감정을 들여다보는 걸 어려워했다. 처음 써온 서평에는 책에 대한 사실들만이 가득 담겨있을 뿐 창기의 감정이나 생각은 찾아보기 어려웠다. 그때 처음으로 창기의 상태를 객관적으로 파악할 수 있었던 것 같다. 보고 들은 건 많지만 아는 것을 자기 것으로 소화하는 법, 진짜 제대로 된 자기 글쓰기를 아직 배우지 못했구나!

당시 진저티에서 커뮤니케이션을 맡았던 진아 님이 창기의 글쓰기 선생님을 자청했다. 그렇게 블로그에 올리는 서평 하나를 온전하게 쓰는 데 꼬박 한 달이 걸렸다. 피드백을 받고 수정하는 과정을 여러 차례 거쳤는데, 끝까지 포기하지 않고 결국 완성해 냈다. 지난했던 글쓰기 여정이 귀찮고 부끄럽고 또 고통스러웠겠지만, 그 후로 글을 쓸 때면 한 번쯤 떠오르는 기억이 되었으리라.

> "저는 인턴십을 하는 동안 어떤 업무를 맡았다기보다 약간 피교육자였던 것 같아요. 업무를 했다기보다 정말 많은 코칭을 받았죠. 이제 와서 생각해 보면 그때는 잘 몰랐는데, 저 때문에 진저티 분들이 정말 고생을 많이 하셨던 것 같아요."

정말 그랬다. 생산성과 효율성의 측면에서 보면 창기는 의미 있는 기여를 한 것도 이렇다 할만한 성과를 낸 것도 아니었다. 오히려 창기에게 투입된 어른들의 시간과 에너지가 정말 컸다. 한마디로 진저티 어른들이 사랑과 정성을 쏟아부은 인턴이 바로 창기다. 자신이 사랑받고 있다는 것을 깨닫게 된 창기는 뒤늦게 자기가 좋아하는 것을 찾아 몰입하기 시작했다. 심리학에 관심이 생겨서 집 근처에서 열리는 청소년 상담 워크숍에 찾아가기도 하고, 책을 읽고 자기만의 도구로 사용하는 법을 습득해 갔다.

> "마케팅 책을 읽고 발췌했던 것이 기억에 남아요. 세 권 정도를 읽고 정리했는데, 저에게 정말 도움이 많이 됐어요. 지식을 구조화하고 기억을 저장하는 법을 배웠어요. 동시에 여러 책을 읽으면서도 제 안에 소화하는 법을 알게 됐고요. 단순히 책을 읽기만 하는 것이 아니라 어떻게 유용한 지식으로 남길 것인가에 대해서 고민하게 됐거든요. 그전에는 중구난방이었어요. 무턱대고 읽기만 했거든요. 읽고 발췌하고 적으면서 지식을 도구로 쓸 수 있게 구조화하는 법을 배우게 됐어요."

인턴십 마지막 날, 창기는 '바닷가재'에 빗대어 자신의 변화와 성장을 회고했다. 몰랐는데, 바닷가재의 탈피는 꽤 위험천만한 그리고 고통스러운 과정이었다.

파충류나 갑각류 등이 성장하면서 묵은 표피를 벗는 일을 '탈피'라고 한다. 몸이 커지는데 딱딱한 껍질은 함께 커지지 않기 때문에 탈피하지 않으면 결코 성장할 수 없다. 갑각류인 바닷가재도 여러 차례의 탈피를 거치며 자라난다. 막 탈피를 마치면 몸이 말랑말랑하기 때문에 잡아먹힐 위험을 피해 바위 밑에 숨어 지내기도 한다. 그렇게 바닷가재는 노화되지 않고 평생 성장만을 반복한다고 한다. 살기 위해서 반드시 거쳐야 하는 과정인 것이다. 그리고 탈피할 때마다 스트레스를 받는단다.

미국의 정신과 의사인 아브라함 트워스키Abraham Twerski 박사는 바닷가재가 성장할 수 있는 것은 바로 이 '스트레스' 때문이라고 했다. 껍데기가 조여 오는 스트레스 때문에 불편함을 느끼게 되고 결국 껍질을 버리고 새로운 성장의 단계로 나아갈 수 있다는 것이다.

창기는 진저티에서의 고등인턴십이 고통스러울 정도로 힘들었지만, 온전한 사회인이 되기 위해 그리고 성숙한 어른이 되기 위해 반드시 거쳐야 하는 '성인식' 같았다고 말한다.

"진저티에서의 인턴십은 솔직히 너무 힘들었어요. 그렇지만 제 인생이 정말 많이 바뀌었어요. 약간 성격이 개조된 느낌이랄까? 진저티에서 성인식을 거친 것 같기도 해요. 제가 사교성은 있어도 사회성이 없었다는 걸 처음으로 알게 됐거든요. 사회적인 태도나 사회인으로서의 역량에 대해서 살면서 처음으로 요구받았던 것 같아요. 진저티에서 성인식을 치른 느낌이에요. 인턴 하면서 제가 몸이 자주 아팠는데요, 원래 고질적인 병이 있기도 했지만 긴장하거나 스트레스를 받으면 더 심해지거든요. 진저티에서 인턴 하면서는 늘 긴장 상태였던 것 같아요. 그렇게 스트레스를 받았기 때문에 바닷가재처럼 성장할 수 있었던 거고요. 근데 신기하게도 학교로 돌아가니까 피부병도 사라지고 마음이 편해지더라고요. (웃음)"

"가장 뿌듯했던 순간은, 마지막 날 발표날이에요. 저 스스로에게 만족스러웠어요. 누군가와 비교해서 혹은 내가 뭘 잘해서 만족했다기보다 지난날의 나보다 조금은 달라진 나, 어떤 과정을 끝까지 마친 나에 대해서 만족했어요."

"그때는 저 스스로 너무 부끄럽고 그래서 좀 불편한 마음이 많았는데, 시간이 지나고 돌아보니 좀 건강해진 마음으로 저를 볼 수 있게 된 것 같아요. 그때 제가 끝까지 포기하지 않은 것만큼은 정말 자랑스러워요. 네. 그것만큼은 정말 잘했어요."

창기는 청소년과의 만남, 고등인턴십에 대한 나와 우리의 막연한 환상을 확실하게 깨준 친구다. 진저티 고등인턴십의 스펙트럼을 넓혀준 친구이기도 하고. 어떤 청소년은 인턴십 기간 동안 충분히 사랑받고 인격적인 관계를 맺기만 해도 그것만으로 충분히 함께한 의미가 있구나라는 것을 말이다. 그렇게 쏟아부은 관계는 열매를 맺는다.

"진저티의 어른들은 '사람 냄새나는' 어른들이에요. 나를 위해서 정말 많이 노력해 준 사람들이기도 하고요. 그 어른들의 수고와 노력 덕분에 제가 저를 꺾을 수 있게 되지 않았을까 싶어요. 상상이 안 가긴 해요. 그때 제가 진저티에 안 왔으면 어떻게 됐을까요?"

고등인턴십 전후에 180도 달라진 창기의 모습은 제천간디학교 후배 승훈이에게도 영감을 주었고, 승훈과 우제라는 다음 고등인턴들을 진저티로 연결해준 브릿지가 되었다. 특히, 신문사 후배 승훈이를 콕 집어 진저티에 추천해 준 창기에게는 나름의 확신이 있었단다.

"인턴 할 때 제 인생의 바닥을 많이 찍었어요. 근데 그때 배운 것들이 정말 강렬했어요. 학교로 돌아가니까 오히려 큰 도움이 되더라고요. 진저티에서 배우고 관찰했던 것들을 토대로 학교에서 조율하는 역할을 많이 하게 됐어요. 진저티 어른들이 조율하는 걸 워낙 많이 봐서 그런가 자연스럽게 익히게 된 것 같아요. 그리고 이게 진짜 피드백의 힘인 게요, 진저티 어른들에게 피드백을 받으면 그게 몸에 자국처럼 남아요. 약간 몸으로 느낀 피드백이랄까? 그걸 학교로 돌아가서 정말 잘 썼죠."

"(승훈) 창기 형이 인턴하고 돌아와서 여러 가지 프로젝트를 하는 모습을 보는 데 대단하게 느껴졌어요. 제가 '체크인'이라는 걸 처음 해본 것도 창기 형 덕분이고요. 포스트잇도 그때 처음 써봤어요. 갑자기 포스트잇을 주면서 저희 의견을 적으라고 하질 않나, 체크인하면서 그림으로 자기감정도 이야기해 보라고 하고. 발표하는 순서 정하는 것도 머리카락 짧은 순서부터 하라는 거예요. 그렇게 신문사에서 같이 스터디도 하고 재밌게 활동하게 됐는데, 그러다 보니 창기 형이 제 등을 떠밀었어요."

"제가 그랬죠, 가. 여긴 너를 위한 곳이야! (승훈이의 어떤 모습이 진저티에 적합하다고 느꼈나?) 애가 일단 성실하고 열심이니까요. 머리로 하는 것도 좋아하고요. 좀 염세적이긴 하지만... (웃음) 얘도 저처럼 진저티 가면 엄청 피드백 받으면서 성장할 수 있겠구나 싶었어요. 진저티는 사람을 변화시키는 곳이니까요."

이 글을 쓰는 지금, 군 복무 중인 창기에게서 전화가 왔다. 이따금 통화하며 안부를 주고받고 하는데 오늘은 한껏 상기된 목소리로 하고 싶은 말이 있단다. 군대에서 수능 준비를 다시 시작했단다. 자기가 진짜 하고 싶은 것을 하기 위해서란다. 창기를 알고 지낸 지난 4년 남짓한 시간 동안 가장 단단한 목소리로 말이다. 그러면서 자신의 변화와 성장에 대해 고민하거나 새로운 가능성을 발견하거나 무언가 결심하게 될 때면 진저티의 어른들에게 꼭 이야기해야 할 것 같은 마음이 든다고 뜬금없는 고백을 한다. 기특한 짜-식. (이 책이 출판될 즈음,

창기는 원하던 대학에 입학하여 즐겁게 공부하고 있다)

"진저티에서의 배움은 '가능성'인 것 같아요. 배움은 사실 그 자체로는 별로 실용적이지 못해요. 주어진 환경에서 그것을 실제로 실험해 볼 때 진짜 효과를 발휘하고, 또 그걸 눈으로 봄으로써 배움이 강화되는 것 같아요. 그런 의미에서 진저티에서의 경험은 제 인생을 조립할 수 있는 '공구 상자'처럼 느껴집니다. 원하는 삶을 만드는 데 필요한 도구가 되니까요. 그만큼 진저티에서의 경험은 값진 경험이었어요."

오븐 팬 사건의 전말은 이렇다. 창기가 우리 집에 온 지 얼마 안 된 어느 저녁, 밥을 다 먹은 창기가 설거지를 하겠다고 자청했다. 그러다 오븐 팬에 눌어붙은 음식을 얼른 닦아내고 싶은 마음에 보이는 대로 숟가락을 집어 박박 긁어놓은 것이다. 뜨거운 물에 불려 놓으면 쉽게 벗겨진다는 걸 몰랐던 거다. 누가 설거지를 하나부터 열까지 차근차근 배워서 하나? 하다 보면 또 부딪혀 보면 자연스럽게 알게 되는 거지. 다만 설거지를 배울 때 첫 번째 그릇은 깨지기도 하고 긁히기도 한다. 스트레스가 있어야 성장이 있듯 말이다.

우리 집 오븐 팬의 긁힌 자국은, 창기와 내가 지지고 볶으며 쌓아온 신뢰의 자국이자 성장을 위한 탈피의 자국이다. 처음 긁혔을 때는 굉장히 불편하고 속상했지만, 이제는 그 자국이 익숙하고 자연스럽다. 누군가를 삶의 자리로 초대한다는 것, 누군가를 진짜 성장의 자리로 나아가게 한다는 것은 결코 매끈하고 아름다운 일이 아니다. 그렇지만 서로 부딪히고 깨지고 긁히면서 쌓이는, 거칠고 아파도 깊어지고 단단해지는 마음이 있다. 그 마음의 이름은 '신뢰'이고, 신뢰는 청소년들의 성장에 쓰지만 힘이 되는 보약임이 틀림없다.

Story 4

아무도 시키지 않은 시말서

나와 닮은 사람, 김승훈

살다 보면 피 한 방울 섞이지 않았는데 어쩜 나랑 이렇게 비슷할까 싶은 사람을 만날 때가 있다. 그런 사람을 만날 때면 묘하게 그 사람의 말이나 행동 하나하나에 더 주목하게 된다. 나에게는 승훈이가 그렇다. 좀처럼 큰 소리를 내지도 크게 움직이지도 않는 그에게서 이따금 미묘한 표정 변화 -씨익 옅은 미소를 짓거나 쓰윽 미간을 찌푸리는- 가 포착될 때마다 왜 그런지 너무 알 것 같다. 자기만의 분명한 생각과 기준이 있고 그것을 성취하기 위해 부단히 노력하는 사람, 모든 경험을 배움으로 승화시키는 의외의 긍정성을 지닌 사람, 다른 건 몰라도 성실함과 호기심만큼은 나와 참 많이 닮았다. 그래서일까? 승훈이의 성장은 나에게 좀 더 특별하게 다가온다. 제발 도서관에서만, 책으로만 배우지 말고 몸을 쓰고 부딪혀서 새로운 경험과 만남을 찾아 나서라고 등을 떠미는 이유도 녀석을 잘 알아서일 것이다.

승훈이는 결코 처음부터 자신감을 드러내지 않지만, 조용하고 끈기 있게 해내는 사람이다. 하나를 가르쳐주면 (성실하게 관찰하고, 끝까지 사고하면서) 열을 해내는 승훈이가 여간 기특한 게 아니었다. 생각해 보라, 나처럼 일하는 19세 청소년을 만난다는 것은 생각보다 더 놀랍고 흥미로운 일이다. 신규 사업 회의를 하고 나면 새로운 설렘과 기대도 생기지만 이제 무엇부터 어떻게 해야 할까 생각이 복잡해진다. 프로젝트의 핵심을 정확하게 파악하고 다음 단계의 일을 생각해내기란 어른들에게도 쉽지 않은데, 승훈이는 특유의 관찰력과 사고력 덕분에 그것이 되는 친구였다 (참고로 나는 일을 할 때 구조를 만들고 설계하는 작업을 가장 좋아한다…). 새로운 교육 연구 프로젝트를 시작하며, 대학생이 된 승훈이에게 다시 인턴으로 와달라고 부탁이 아닌 사정을 하게 된 것도 승훈이가 오면 큰 힘이 될 거라는 믿음이 있었기 때문이다.

오늘날 승훈이의 눈부신 활약에 비하면, 그의 첫인상은 그다지 매력적이지 않았다. 승훈이와 진저티의 첫 만남에 함께 한 것은 아니지만 그 자리에 있었던 동료들의 증언에 의하면, 승훈이는 하고 싶은 것도 잘하는 것도 뚜렷하지 않은 조용하고 평범한 학생이었다. 그래도 성실할 것 같긴 하다는 유일한 단서를 덧붙이며 나에게 또 한 명의 대구 출신 제천간디학교 하숙생을 받을 것인지를 물었다. (이쯤 되면 나는 진저티 대표라기보다 진저티 하숙 대표가 아닌지…) 정보라고는 간디학교, 대구, 남학생, 성실함이 전부인 하숙생을 또 받아야 한다니 난감했지만 한 번 해봐서 그런가? 두 번째 모험은 첫 번째

보다 수월하게 결정했다.

그렇게 승훈이는 우리 집 하숙생 2호가 됐다. 2월의 어느 토요일 저녁 커다란 캐리어를 끌고 우리 집 현관문에 들어서던 승훈이의 모습이 잊혀지지가 않는다. 새하얀 얼굴에 마른 체구, 조용하고 차분한 성격의 승훈이는 기운 넘치는 우리 집 남자들과는 영 다른 종(種)의 '초식 동물' 같았다. 나처럼… 종일 함께 일하고 퇴근 후 일상까지 나누는 촘촘한 넉 달을 보내다 보니 승훈이와 공유하게 되는 것이 점점 더 많아졌다.

승훈이가 진저티에 합류한 시기는 지방 출장도 잦고 크고 작은 프로젝트들이 쉴 틈 없이 돌아가는 정말 바쁜 시기였다. 조직도 인생처럼 다양한 생애주기를 지나는데 어떤 시기에 인턴으로 합류하는가도 인턴십 경험에 영향을 미치곤 한다. 승훈이는 진저티가 양적 질적으로 폭풍 성장하는 시기, 한마디로 '일복 터진' 시기에 인턴으로 합류하여 다양한 경험을 해보고 싶다는 그의 목적에 200% 부합하는 시간을 보냈다. 당시 공동대표 2년 차에 두 아들의 워킹맘이었던 나는 퇴근 후에도 돌보고 챙길 것이 많아 저녁을 먹고 나면 녹초가 되기 일쑤였는데 승훈이는 바로 그 시기의 나를 가장 가까이서 관찰하면서, 단순히 일을 배우고 경험하는 것을 넘어 초짜 리더의 하루,

성장하는 조직의 역동, 워킹맘의 고충까지 그 또래의 청소년들은 좀처럼 경험하기 힘든 많은 것들을 보고 느꼈을 것이다.

나 역시 가까이서 승훈이를 관찰하면서 첫 만남 때는 좀처럼 알 수 없었던 승훈이의 강점과 가능성을 발견할 때마다 흠칫흠칫 놀라곤 했다. 승훈이는 특별히 좋아하거나 잘하는 것은 없어도 모든 경험에 열려있는 호기심쟁이였고, 어떤 경험도 대충 넘어가는 법이 없는 꼼꼼쟁이였다.

함께하는 시간이 쌓이면서 나는 승훈이의 좋은 태도가 좋은 경험을 만들고 있다는 것을 확신할 수 있었다. 승훈이는 하나부터 열까지 일일이 설명하지 않아도 큰 맥락을 알려주면 스스로 찾아서 해내는 친구였다. 관찰 기록이나 인터뷰 속기, 인사이트 도출 등 처음 해보는 고 맥락의 연구 업무들이 많아서 결코 쉽지 않았을 텐데 궁금한 것은 질문도 해가며 빈틈없이 빠르게 업무를 완수했다. 승훈이를 믿고 맡기는 일들이 점점 더 많아졌고, 승훈이 역시 어른들이 보여주는 신뢰에 부응하고자 더욱 책임감 있게 일했다. 주어진 업무 외에도 진저티에서 진행하는 다양한 프로젝트에 관심이 많았던 승훈이는 담당자들을 찾아가 업무 지원을 자청하기도 했는데, 한 번은 거버넌스 회의가 궁금하다며 참여해도 되는지를 물어서 리더들을 당황하게 한 적도 있다. 경험은 많을수록 좋다는 걸 어디서 단단히 배웠나 싶을 만큼. 다양한 경험에 열려있고 맡은 일은 끝까지 책임지는 승훈이의 태도는 더 좋은 경험, 더 깊은 경험을 만들고 있었다.

오늘 나에게 보이는 승훈이가 첫 만남 때는 왜 보이지 않았을까? 자신을 잘 드러내고 표현하는 청소년들이 있는가 하면 좀처럼 속을 알 수 없는 청소년들도 있다. 원래 가지고 있었지만 좋은 환경이 뒷받침되어야 더욱 펼쳐지고 성장하는 부분이 있는가 하면 새롭고 다양한 경험을 통해 '발견되어지는' 부분도 있다. 승훈이의 강점과 가능성을 발견하고 발휘할 새로운 시간과 공간이 필요했던 것은 분명하다. 이것이 청소년들에게 턴turn할 수 있는 다양한 기회와 기다려 주고 지켜봐 주고 읽어 주는 어른들이 필요한 이유가 아닐까.

모범생 승훈이에게 하루는 인턴십 최대 위기가 찾아왔다. 전주에서 청소년들과 워크숍을 진행하는 날이었는데 아이패드와 아이펜슬 등 중요한 워크숍 준비물을 맡은 승훈이가 늦잠을 자는 바람에 기차를 놓친 것이다. 전날 밤 심야 영화를 보고 온 것이 화근이었다. 준비물이 모두 승훈이에게 있으니 워크숍 진행에 차질이 생긴 것은 불보듯 뻔했다. 진행자 입장에서 충분히 화낼만한 실책이었지만 진향 님은 차분하게 승훈이의 놀란 마음을 다독이고 다음 기차를 타고 오도록 조치했다. 프로젝트 총괄인 나 역시 당황스러웠지만 한편으로는 완벽한 승훈이에게 이 실패가 중요한 인생 경험이 되겠구나 싶었다. 핸드폰 너머로 '주은 님, 저 기차 놓쳤어요…' 금방이라도 울음이 터져 나올 것 같은 날 것의 목소리가 들려오는데, 안 그래도 하얀 승훈이의 얼굴이 더 하얗게 질려있겠구나 장면이 그려지는 동시에 다른 한편으로는 안심이 됐다. 감정이나 표정의 변화 없이 언제나 맡은 일을 완벽하게 해내는 흡사 로봇 같은 승훈이에게서 처음으로 인간미가 느껴졌기 때문이다.

그날 밤, 누가 시키지도 않았는데 승훈이는 장문의 시말서를 써서 사내 커뮤니케이션 채널인 슬랙slack에 올렸다. 자신의 잘못으로 인해 워크숍 진행에 차질을 빚게 되어 정말 죄송하다는 말과 다음에는 이런 일이 없도록 더 조심하겠다는 다짐까지 반성의 마음을 꾹꾹 눌러 담았다. 꼼꼼하고 차분한 녀석이 대형 사고를 냈으니 종일 그 마음이 얼마나 부대꼈을까, 스스로에 대한 검열 역시 철저하구나 싶어 내 마음 한 켠도 짠했다. 대충 넘기거나 빠르게 잊고 싶은 마음도 없지 않았을 텐데, 솔직하게 인정하고 공식적으로(?) 반성하는 승훈이의 태도가 너무 대견해서 잔소리 한마디 붙이기도 어려웠다.

"그날은 고등인턴을 하면서 가장 부끄럽고 뼈아팠던 순간이었지만, 스스로를 너무 과신하면 큰일 난다는 교훈을 얻게 된 날이에요. 특히, 시간과 관련해서는 더더욱 조심해야 한다는 것을 배웠어요. 제가 시말서를 써서 올렸던 건, 제 실수를 빠르게 인정하고 반성하면서 더 이상 그 실수에 매몰되고 싶지 않아서였어요. 실수했을 때 잘 회고하고 마무리 지어야 다음에 또 이런 일을 번복하지 않게 된다는 걸 들었던 것도 있고요."

사람은 누구나 실수를 한다. 다만 그 실수를 어떻게 회고하고 다루는가에 따라 성숙한 사람이냐 아니냐가 판가름 난다. 잘못을 했으면 솔직하게 인정하고 또 반성하면서 고쳐나가는 태도는 어른들에게서도 쉽게 보기 힘든 태도이다. 승훈이는 그날 '책임감'에 대해 뼈아프지만 아주 제대로 배웠을 것이다.

우리 회사에 고등인턴이 있다고 말하면 '뭘 배우냐'고 묻는 어른들이 있다. 고등인턴들이 짧게는 1개월에서 길게는 1년 넘게 진저티프로젝트라는 일터에서 다양한 사람들을 만나고 다양한 경험을 하면서 배우고 성장하는 것은 생각보다 그 범위나 깊이가 넓고 깊다. 리서치나 문서 작성 역량, 커뮤니케이션 역량, 발표 역량, 퍼실리테이션 역량 등 각종 '역량'도 있지만, 사실 그보다 더 크고 중요한 것은 맡은 일에 대한 책임감, 그 일을 해내기 위한 성실함, 그 성실함이 차곡차곡 쌓였을 때 느끼게 되는 자신감 같은 '태도'이다.

많은 사람들이 미래 세대는 지식을 배우기보다 역량을 키워야 한다고 강조한다. 나는 여기에 덧붙여 '태도'를 배우고 갖춰야 한다고 말하고 싶다. 십 년 이상의 일 경험을 가진 나 역시 여전히 배우고 성장하는 중이나, 단언컨대 일이란 태도가 반이다. 모든 일의 기본이 되는 태도는 사실 역량을 기를 수 있는 가장 중요한 토대가 된다. 다만, 책임감이나 성실함, 자신감과 같은 태도는 하루아침에 배울 수 있는 것이 아니기 때문에 매일의 일상을 건강하게 꾸려나가는 훈련이 수반된다. 청소년들이 어른들로부터 배워야 하는 것이 있다면, 어른들이 청소년들에게 가르쳐주어야 하는 것이 있다면 나는 망설임 없이 '태도'를 꼽고 싶다. 쉽게 관찰되거나 배울 수 있는 것은 아니지만, 건강한 어른들은 맡은 일을 어떻게 대하는지, 함께 일하는 사람들과 어떻게 관계를 맺고 또 이어가는지, 일이 잘못되었을 때 어떻게 대처하고 해결하는지, 이런 태도를 배울 수 있기를 바란다.

한편, 승훈이와 함께한 4개월 동안 집과 회사를 오가며 거의 매일 같이 보고 듣고 느끼고 나누다 보니 어느 순간에는 뇌가 연결되어 있다는 느낌마저 들었다. 승훈이와의 대화는 많은 말을 하거나 애를 쓰지 않아도 척하면 착하고 공감되었다. 그 시기만큼은 누가 뭐래도 우리 남편보다도 승훈이가 나의 맥락을 속속들이 더 잘 이해하고 있었다. 지방 출장이라도 가는 날이면 이른 아침부터 늦은 밤까지 종일 함께 다녔는데, 돌아오는 기차 안에서 둘 다 방전되어 침묵하는 순간까지도 서로 어떤 상태인지 공감할 수 있었다. 프로젝트에 대한 고민뿐 아니라 리더로서의 고민, 두 아들 엄마로서의 고민까지도 솔직하게 털어놓을 만큼 승훈이에게 참 많이 의지했던 것 같다. 그러다 보니 인턴십 말미에는 승훈이가 거의 프로젝트 담당자 수준의 고민과 시야를 갖게 되었다. 빠르게 핵심을 파악하고 정리하면서 다음 단계의 고민을 주고받게 된 승훈이를 보면서, 나 역시 깜짝깜짝 놀랄 정도였으니까. 나중에 들어보니 그렇게 할 수 있었던 것은 다 회고 덕분이란다.

“확실히 핵심을 파악해서 정리하는 역량이 늘어난 것 같아요. 이건 진저티의 ‘회고 문화’와 연결되어 있는데요, 진저티에서는 마지막에 늘 회고를 한다는 걸 알기 때문에 미리부터 핵심을 추려내고 정리하는 습관이 생긴 것 같아요. 언제 '어떻게 생각하냐?'는 질문을 받을지 모르니까 매 순간 준비하게 되었던 것 같아요. 그러면서 자연스럽게 핵심을 생각하고 내용을 정리하는 역량이 성장한 것 같아요."

승훈이와 나눈 수많은 대화 중에 가장 잊혀지지 않는 대화 역시 '회고'에 대한 것이었다. 우리는 무수히 많은 회고를 했고, 그 회고는 승훈이의 이전 경험들까지도 다시 돌아보게 되는 중요한 계기가 되었다. 어느 날은 회사 근처에서 함께 점심을 먹고 걷다가 경험에 대한 이야기를 나누었다. 그러다가 서교동 한복판에서 '아하 모멘트Aha Moment'를 맞이했다.

"이전에도 좋은 경험을 많이 했어요. 스스로 주도해보는 경험들도 많았고요. 그런데 그 경험들이 잘 남아있지 않아요. 제가 뭘 배우고 어떤 성장을 했는지가 잘 기억나지 않아요. 근데 진저티에 와서 계속 회고를 하다보니 그 이유를 알 것 같아요. 좋은 경험도 제대로 회고하지 않으면 남지 않는다는 걸요."

"회고는 지나온 과정들을 정리하는 데 도움 되는 것 같아요. 진저티에서 인턴십을 마치고 나서도 회고는 계속 생각나더라고요. 정리해야겠다는 마음도 들고요. '회고'라는 행동 자체도 좋지만, '회고하는 습관'이 도움이 되는 것 같아요. 하다 보면 늘기도 하고요. 학교에서는 어떤 활동을 마칠 때 소감 한마디 말하고 끝인 경우가 많고 회고에 중점을 두지 않는데 진저티에서는 회고를 체계적으로 하기도 하고 또 다 함께 회고한 것을 정리해서 결과물에 담기도 하잖아요."

존 듀이John Dewey가 말했다. '우리는 경험에서 배우지 않는다. 경험에 대한 성찰로부터 배운다'고.

듀이의 철학을 알고 실천한 것은 아니지만 진저티는 모든 대화의 마지막, 프로젝트나 경험의 마지막에 습관처럼 '어땠어요?'를 묻고 함께 회고하는 시간을 갖는다. 그리고 이 회고의 유익을 단기간에 가장 극적으로 경험한 이들이 바로 고등인턴들이다. 진저티를 거쳐간 11명의 고등인턴들과의 인터뷰에 빠지지 않고 등장하는 배움과 성장의 순간들은 거의 모두 회고에서 비롯되었다. 처음부터 회고가 좋았던 것, 쉬운 것은 아니다. '어땠어요?'라는 질문을 받으면 머릿속이 하얘지기 십

상이다.

회고를 하다보면 생각과 감정들이 정리된다. 나는 고등인턴 경험의 의미 역시 회고에서 나온다고 생각한다. '내가 무슨 경험을 했지, 뭘 느끼고 배웠지, 앞으로 뭘 더 해볼 수 있을까?' 질문하고 사유하고 실천하고 적용해야 의미가 생긴다. 아무리 좋은 경험이라도 회고하지 않으면 남지 않고, 실패한 경험이라도 제대로 회고해야 다시 반복하지 않는다. 회고를 하면 할수록 생각의 깊이와 범위가 확장되고, 스스로 한 번 더 고민하고 생각해 봐야 내 배움이 된다. 결국, 제대로 회고한 경험만이 진짜 배움으로 남는다. 그리고 회고하는 사람은 지금 내가 어디에 서 있는지 어디로 가야 할지를 안다. 승훈이는 회고의 유익을 알고 실천한다.

"학교에서의 배움은 확실한 배움이에요. 어떤 것을 배우는지 쉽게 눈에 보이는 매우 직관적인 배움이요. 그런데 그만큼 실제와는 괴리가 있는 배움이라고 생각해요. 반대로 진저티에서의 배움은 바로 포착되지 않는 배움이에요. 구체적인 말로 설명하기도 쉽지 않고요. 그러나 진저티에서의 배움은 현장과 맞닿아 있다고 생각해요. 어떤 배움인지 고민해 보았을 때 직접적으로 포착되지는 않지만, 일을 하다 보면 간접적으로 드러나는 것 같아요. '스스로 성장하는 배움'으로 정리할 수 있을 것 같네요. 그렇기 때문에 배움을 받아들이는 과정에도 차이가 있는 것 같아요. 학교에서의 배움은 떠먹여 주는 측면이 커서 대답만 잘하면 되지만, 진저티에서의 배움은 스스로 한 번 더 고민하고 생각해 봐야 더 크게 얻어갈 수 있는 것 같아요."

나는 승훈이가 참 기특하고 고맙다. 하나둘 경험을 쌓아가며 그 의미를 회고하고 성장할 때, 쉽지 않은 업무지만 호기심과 책임감을 갖고 도전하는 모습을 볼 때면 기특하다. 내 마음을 찰떡같이 알아채고 꼭 필요한 이야기를 덤덤하게 해줄 때면 고맙다. 이런 승훈에게 하나라도 더 좋은 경험을 하게 해주고 싶은 마음이 들었던 건 어쩌면 당연한 일이다.

이 책을 쓰는 과정에서도 그랬다. 처음부터 고등인턴에 대한 책을 써야지 마음먹었던 것은 아닌데, 승훈이와 프로젝트 회고를 하다가 문득 '진저티를 거쳐 간 고등인턴들과 인턴십 경험에 대한 인터뷰를 해보면 어떨까?' 아이디어가 떠올랐다. 한 명 한 명 고등인턴들을 인터뷰하고 난 벅찬 마음을 가장 먼저 나눈 사람도 승훈이었다. 각 사람의 경험과 성장, 변화를 잘 읽어주고 싶은 내 마음을 이미 알고 있다는 듯 공감해 준 사람도 승훈이다.

> “다른 인턴들은 어떤 경험을 했을까 어떻게 회고했을까 궁금하고 얼른 펼쳐보고 싶다는 생각이 들어요. 모두의 이야기가 정리되면 재밌는 결과물이 나올 것 같아요.”

맞아, 나도 그래 승훈아. 언제나 찰떡같이 내 마음을 알아주는 네 덕분에, 너를 처음 만났을 때는 미처 알지 못했던 ‘아직 발견되지 않은’ 무언가를 기대하는 마음으로, 오늘 내가 이 책을 쓰고 있어.

Story 5

나의 핵심기억구슬

디자인하는 틴턴, 남은빈

내 인생의 커다란 전환점이자 지금 내가 하는 일들의 이유가 된 출발점은, 고등학교 1학년 여름방학이다.

외고 입시에 낙방하고 당시 동네에서 연애학원이라고 소문난 남녀공학에 입학했다. 집 앞에 있는 학교에 친한 친구들과 함께 진학할 줄로만 알았는데. 홀로 마을버스를 타고 20분이나 가야 하는 멀고 먼 학교에 정 붙이기가 쉽지 않았다. 낯설고 막막한데 뭐라도 하지 않으면 내가 사라질 것만 같았다. 덜컥 교지편집부 기자에 지원하기도 하고, 첫 중간고사에 과몰입하기도 했다. 공부는 그럭저럭했는데 무엇을 위한 공부인지 나름의 고민과 방황이 깊어지던 시기, 여름방학을 며칠 앞둔 어느 날, 미술 선생님의 안내 방송이 사이렌처럼 귓가에 웽웽 울렸다.

'방학 동안 미술에 관심 있는 학생들을 위해 특별 미술 프로그램을 진행할 테니 관심 있는 사람은 방과 후 미술실로 오시오.'

어차피 방학에도 보충수업 하러 학교 와야 하는데, '한번 해볼까?' 어느새 나는 미술실 문을 두드리고 있었다. 그렇게 모인 우리는 노총각 미술 선생님과 함께 여름방학만이라던 기간을 훌쩍 넘어 2학기까지 특별 프로그램을 이어갔다. 학교에

등록된 정식 동아리도, 미대 입시를 위한 보충수업도 아닌, 학생부 기록 어디에도 남아있지 않은 그 시간을 과연 뭐라고 불러야 할지 모르겠다. 우리들의 기억 속에만 존재하는 선명한 꿈같은 그 시간을.

부모님의 허락은 굳이 안 받아도 될 것 같았다. 물어보나 마나 공부하는 데 방해된다고 반대하실 테니까. 내 수준에서 저지르고 감당할 수 있을 것 같은 나만의 소심한 일탈이었다(그때까지는…). '내가 진짜 하고 싶은 건 뭘까' 나는 그 질문의 답을 찾고 싶었다.

자석에 이끌리듯 찾아간 미술실에서 빈 도화지 위에 내가 그리고 싶은 것들을 마음껏 펼쳐나간 시간은 완벽한 해방감과 몰입감을 경험하게 해주었다. 무더운 여름 보충수업 듣느라 지칠 대로 지쳤는데 종례 종 울리자마자 단숨에 미술실로 튀어 올라갈 수 있었던 것은, 내가 하고 싶은 것을 스스로 선택할 자유, 목적 없이 순수하게 몰입할 수 있는 자유가 그곳에 있었기 때문이다. 그리고 선생님! 선생님은 우리들이 하고 싶은 건 뭐든 해볼 수 있도록 미술실을 운동장처럼 오픈해 주셨다. 사춘기 학생들의 고민과 생각을 자연스럽게 꺼낼 수 있도록 안전한 대화 상대가 되어주셨고, 각 사람의 작품에 나타나는 개성과 강점을 꼼꼼하게 읽어주셨다. 나는 어떤 특징과 강점을 가졌는지, 어떤 가능성이 있는지, 어떤 걸 좀 더 시도해 보면 좋을지, 지적이 아닌 구체적이고 발전적인 진심 어린 피드백을 해준 어른은 선생님이 처음이었다.

큰일 났다. 일이 너무 커져 버렸다. 돌이킬 수 없을 정도로. 나는 작품 하나하나에 애정을 쏟아부었다. 그것이 마치 나인 것처럼. 처음부터 끝까지 작품 하나하나를 스스로 완성해 보는 경험은 시험을 잘 봤을 때와는 비교도 안 될 만큼의 벅찬 성취감을 맛보게 해주었다. 여름방학이 끝나고 새 학기가 시작됐다. 곧 있으면 중간고사인데 우리는 아시아 최초이자 국내 최초로 열린 광주 비엔날레 전시회에 함께 다녀왔다. 서울 촌놈이 전라도 광주에 가본 것도 난생처음이었지만, 세계적인 규모의 미술 전시회에 가 본 경험도 처음이었다. 그 비엔날레 경험이 너무 좋아서 교지에 특집 기사로 빼곡하게 담았던 기억마저 생생하다.

그해 여름과 가을, 미술실에서 보낸 시간들은 나로 하여금 자연스레 미대 진학을 고민하게 했다. 선생님 역시 소질이 있다고 적극적으로 준비해 보라고 조언해 주셔서, 드디어 부모님께 그간의 경험들과 나의 결심을 말씀드리게 되었다. 학업과 미술을 병행하면 이 정도 대학은 충분히 갈 수 있을 것 같다고 나름의 계획을 세워서 자신 있게 말씀드렸는데, 아빠에게 '쓸데없는 짓 하지 말고 공부나 해라'는 한 마디로 무참히 거절당했다. 태어나 처음, 내가 진짜로 해보고 싶은 것, 가장 간절히 원하는 것을 찾았는데, 이렇게 쉽게 거절당하다니… 내 마음은 무너지고 깨지고 흩어지고 사라졌다. 그 뒤로 한동안 나는 분노에 치여서, 슬픔에 젖어서, 허무에 갇혀서, 살아있지만 살아있지 않은 시간을 보냈다. 이렇게밖에는 그 무기력했던 시간을 설명할 길이 없다. 더 이상 미술실에 갈 수 없다는 슬픔보다 미술은 왜 공부가 아닌가에 분개했다. 나에게는 16년 인생을 통틀어 가장 재밌었던 공부가 미술이었는데, 과연 공부란 무엇인가, 나는 어떤 공부를 해야 하는 것일까, 더 깊은 고민에 빠졌다.

한참의 시간이 지나고, 내 꿈의 방향을 정해야 하는 시간이 왔다. 그해 여름과 가을을 지나온 나는 분명 이전과 다른 사람이었다. 내가 원하는 것이 무엇인지 잘 몰라도 일단 시작해 본 경험, 원하는 것이 생겼을 때 끝까지 고민하고 부딪혀본 경험, 내 생각을 존중해 주고 그 생각이 펼쳐질 수 있도록 도와주는 어른의 존재. 이 경험과 만남을 통해 나는 역설적으로 '교육'

이라는 키워드에 꽂혔다. 생각해 보니 무엇을 공부할 것인가 보다 왜 공부하는가, 어떻게 공부하는가가 더 중요하다고 느껴졌기 때문이다. 나는 미술을 통해 배움의 재미와 의미를 느꼈다. 미술은 결국 나의 업이 되지 못했지만, 미술을 통해 배움의 기쁨이란 것은 언제 어떻게 발견될 수 있는지를 알게 되었다. 그 깨달음 뒤에는 내 생각을 물어봐 주고 들어주고 읽어 주고 그것이 실현될 수 있도록 아낌없이 지원해 주셨던 엄시문 선생님이 계셨다. 좋은 선생님 한 명이 세워 일으킬 수 있는 학생들은 얼마나 될까, 좋은 만남으로서 교육이 가진 영향력과 생명력에 대한 나의 호기심은 점점 더 커졌다. 대학생이 된 나는 교직 과목들을 수강하면서 교사 혹은 학교의 역할을 뛰어넘어 '한 사람의 성장을 위한 어른의 일 그리고 사회의 일'에 대해 배우고 고민하기 시작했다. (물론, 교양과목으로는 미대 수업들을 꽉꽉 채워 넣었다) 그리고 그 배움과 고민은 마흔이 훌쩍 넘은 지금까지도 계속되고 있다.

고등학교 1학년 여름방학은 오늘의 나를 만들었다. 우연한 기회에 미술실로 뛰어 들어갔고, 평생 잊지 못할 좋은 어른을 만났다. 그 경험은 오늘날 내가 청소년들을 마주할 때마다 어김없이 떠올리게 되는 일종의 나침반이다. '청소년 주도 연구'

라는 무모한 실험을 제안하게 된 것도, 겁도 없이 교육 혁신 연구에 뛰어들게 된 것도, 고등인턴 한 사람 한 사람의 인생 여정에 함께하게 된 것도, 결국은 저 깊은 곳에서 나를 끌어당긴 '열여섯 살 여름방학'이라는 '핵심기억구슬' 때문이다.

은빈이가 말해주었다. 그런 기억을 '핵심기억구슬'이라고 부른다고. 은빈이에게도 있단다. 이번에는 '열일곱 살 여름방학'이다.

> "진저티는 저에게 '핵심기억구슬' 같은 존재예요. 영화 '인사이드 아웃'을 보면 주인공 라일리의 정신세계가 나오잖아요. 거기 6개의 핵심기억구슬이 나오는데, 그 구슬들이 주인공의 머릿속에서 계속 맴도는 기억이거든요. 저에게는 진저티에서의 고등인턴 경험이 그런 기억이에요. 제 자아 형성에 영향을 준 핵심기억구슬 중 하나같아요."

은빈이는 진저티의 대학생 인턴이었던 은채님의 동생이다. 언니가 인턴 경험을 통해 변화하고 성장하는 모습을 곁에서 지켜보다가 호기심이 생겼고, 언니의 적극적인 추천으로 고등인턴에 지원하게 되었다. 은빈이는 또래 친구들이 학원 다니고 입시 준비하느라 바쁜 고등학교 2학년 여름방학 4주를 고등인턴십에 온전히 쏟아부었다. 쉽지 않은 선택이었을 텐데 처음 결심했을 때 그리고 학교로 돌아갔을 때 혹시 주저하게 되거나 후회되지는 않았는지 물었더니 예상 밖의 대답을 들려주었다.

> "저는 고등인턴을 하고 나서 이상하게 학교에서도 더 자신감이 생겼어요. 인턴 하기 전에 자존감이 많이 낮아져 있었거든요. 고등인턴을 하면서 친구들은 해보지 못한 경험을 하고 나니 오히려 그게 저에게 더 힘이 됐어요."

은빈이는 '좋아하는 것이 일이 될 수 있을까?' 정말 많이 고민했다고 한다. 왜 안 그렇겠는가? 이 고민은 청소년들뿐 아니라 어른들의 고민이기도 한데! 좋아하는 것을 업으로 삼은 사람은 과연 얼마나 될까? 좋아하는 것이 무엇인지 알아차리기조차 힘든 자본주의 무한경쟁 사회에서, 은빈이 뿐만 아니라 많은 청소년들이 자기가 좋아하는 것은 무엇인지, 좋아하는 것을 일로써 계속할 수 있는 구체적인 방법은 무엇인지를 궁금해한다. 이것은 '진로 교육'이라는 단어로는 도무지 설명할 수도 찾아낼 수도 없다. 왜냐하면 이 질문은 살아있는 질문이고 움직이는 질문이며 정해진 답도 없기 때문이다. 일이라는 것은 시대와 사회의 변화 속에서 사라지기도 하고 새롭게 만들어지기도 한다. 더 이상 직업이라는 단어로 한정 지을 수도 없다. 결국 그 일을 하게 될 청소년들이 직접 부딪혀 보고 만들어 가야 한다는 말이다. 틴턴의 가장 큰 의미는 여기에 있다. 틴턴 경험을 통해 청소년들은 일터라는 진짜 세상에서 일이란 무엇인지, 일의 범위와 깊이, 과정과 결과, 일의 기쁨과 슬픔, 일을 대하는 어른들의 태도와 일을 통해 만들어지는 수많은 관계들에 대해서 배운다. 그 과정에서 좋아하는 것과 하고 싶은 것이 분명한 친구들은 '내가 좋아하는 것이 일이 될 수 있을지'를 직접 실험해 볼 수도 있다. 그렇지 않은 친구들은 다양한 경험에 맞닥뜨리며 실마리를 찾아갈 수도 있고.

> "저는 기획하고 디자인하는 것을 좋아하는데, 제가 좋아하는 것이 실제로 학교를 졸업하고 회사에 들어갔을 때도 필요한 일일까 정말 고민을 많이 했어요. 그런데 진저티에서 실제로 그걸 경험해보고 나니까 내가 좋아하는 일이 회사에서도 필요한 일이구나 그리고 그걸 인정해주는 회사도 있구나 확인할 수 있었어요. 직접 경험하게 되니까 제가 좋아하는 것에 대해 더 자신감을 갖게 됐고요."

"제가 좋아하는 것에 그렇게까지 깊게 몰입할 수 있는 에너지를 가진 사람인지 처음 알게 됐어요. 제 에너지를 인정해 주는 사람들을 만날 수 있어서 좋았고, 이 에너지를 일로써 발휘해내고 있는 사람들이 있다는 것도 새롭게 알게 된 것 같아요. 그런 경험을 통해서 제가 좋아하는 것을 직업으로 이어가고 싶다는 꿈을 갖게 되었어요. 사실 학교에서는 좋아하는 것을 찾는 것 자체가 어렵고, 좋아하는 것을 찾는다고 해도 그것에 깊이 몰입하는 것이 쉽지 않아요. 학교 밖의 넓은 사회에서 고등인턴 경험을 하면서 제가 좋아하는 일에 정말 깊게 몰입하는 시간을 가졌던 것 같아요."

은빈이는 디자이너로서의 가능성이 무한한 친구다. 학교 동아리에서도 유사한 활동들을 계속해왔는데, 은빈이의 관심사와 에너지를 양껏 발휘하기란 쉽지 않았다. 마침 진저티에서 카드 뉴스와 PPT 등 다양한 디자인 업무들을 맡게 되면서 은빈이의 잠재력이 폭발했다. 가까이 가서 귀 기울여 듣지 않으면 들리지 않는 작은 목소리, 수줍음 많고 새침해 보이지만 좋아하는 일에는 무섭도록 몰입하고 어마어마한 에너지를 뿜어내는 은빈이를 보면서 은빈이 자신은 물론, 진저티의 어른들도 깜짝 놀랐다.

"진저티에서의 고등인턴십을 생각하면, '엄청 쏟아부었던 느낌'으로 기억나요. 하루 종일 머릿속으로 카드 뉴스 디자인 생각만 했거든요. 이건 어떻게 만들까? 저건 어떻게 만들까? 카드 뉴스 내용을 거의 외우다시피 하면서 몰입하고 최선을 다했어요. 사실 그전까지는 제가 할 수 있는 최선의 기준이 명확한 편이 아니었어요. 학교에서는 최선을 다해도 더 할 수 있었을 것 같은 느낌을 항상 받아왔는데, 진저티에서는 두뇌를 풀가동한 느낌이었어요. 내가 할 수 있는 최선을 다한 느낌이요. 근데 그게 정말 신기했어요. 내가 정말 좋아하는 일에는 이렇게까지 몰입할 수 있는지를 알게 된 계기였거든요. 그전까지는 제 에너지를 풀 수 있는 곳이 학교 동아리밖에 없어서 동아리에 애정을 쏟았는데, 가끔 친구들도 저를 이해 못 할 때가 많았어요. '이걸 굳이 왜 이렇게까지 해야 해?'라는 이야기를 많이 들었거든요. 그런데 진저티에서는 제가 완전히 몰입할 수 있게 도와주셔서 더 신나게 했던 것 같아요."

"가장 뿌듯했던 순간은 제가 작업한 결과물이 진저티 페이스북에 처음 게시되었을 때예요. 많은 사람들이 제가 열심히 만든 작업물에 반응하는 것을 보면서 짜릿했던 기억이 나요. 학교에서도 종종 제가 만든 제작물에 대해 칭찬받기는 했지만, 좀 더 넓은 공간에서 더 많은 사람들에게 칭찬받기도 했고, 무엇보다 진저티에 도움이 된 것 같아 정말 뿌듯하고 기뻤어요."

진저티의 '굳이 굳이'가 은빈이의 몰입에 불을 붙였다. 굳이굳이 카드 뉴스를 '그렇게까지' 잘 만들 필요는 없는데, 굳이굳이 은빈이에게 해보고 싶은 만큼 해보라고 한다. 은빈이 눈빛이 반짝반짝 빛났다. 진저티는 누가 뭘 해보겠다고 하면 말리지 않는다. 오히려 '잘한다 잘한다', '더 해보라'고 부추긴다. '주도권'이라고도 불리는 '이니셔티브initiative를 갖고 일한다'는 것은 진저티의 어른들에게는 물론 고등인턴들에게도 동일하게 적용된다. 안전한 실험실에서 스스로 주도해볼 수 있게 허용하되, 어디까지 할 수 있는지는 스스로 정한다. 그러다가 우주 끝까지 갈 때도 있지만… 고등인턴들에게 주도권을 준다는 것은 그들의 가능성을 믿어준다는 것이다. 이 신뢰의 힘은 생각보다 크다. 맡은 일에 대한 책임감과 주인의식을 갖게 되는 것은 물론, '내가 회사에 혹은 사회에 무언가 기여했다'는 성취감도 느끼게 해주니까.

미국의 심리학자 미하이 칙센트미하이는 '도전(과제의 난이도)'과 '기술(자신의 능력)' 두 가지 지표를 사용하여 '몰입'을 설명한다. 도전이 높으면 불안감이 형성되고, 기술이 높으면 지루함이 생기는 반면, 도전과 기술이 적절히 맞아떨어질 때 비로소 '몰입Flow 상태'가 일어난다는 것이다. 은빈이가 진저티의 업무에 몰입할 수 있었던 이유는 과제의 난이도와 자신의 능력이 적절하게 맞아떨어졌고, 짧은 시간이었지만 이 도전과 기술을 조금씩 높여가면서 성장할 수 있었기 때문이다.

한편, 몰입감이 남다른 은빈이의 눈빛이 흔들릴 때도 있었다. 이건 은빈이 뿐만 아니라 진저티를 거쳐 간 거의 모든 인턴들이 가장 힘들어했던 순간이다. 자기 생각을 말하는 순간이다. 몰입감도 주도권도 결국 내 생각이 분명할 때 제 역할을 한다. 진저티는 '어땠어요?'를 정말 많이 묻는데, 이건 진짜로 궁금해서 묻는 말이다. 주말을 어떻게 보냈는지, 그래서 지금 몸과 마음의 상태가 어떤지, 새로운 한 주를 시작하면서 가장 기대되거나 걱정되는 것은 무엇인지, 맡고 있는 업무에 대해서 어떤 생각과 감정을 느끼고 있는지, 업무의 흐름 속에서 무엇을 배우고 있고 무엇이 아쉬운지, 그것이 어떤 의미인지. 이 질문들을 처음 받은 고등인턴들은 하나같이 얼음이 된다. 낯설기 때문이다. 한 번도 생각해 보지 않은 질문들이기 때문이다. 잘 말해야 할 것 같은 압박감도 크고, 내 생각이 있긴 있는 것 같은데 좀처럼 확신이 들지 않기 때문이기도 하다. 은빈이 역시 이 질문들을 처음 받았을 때 당황했다. 눈빛이 흔들렸다.

"제 생각을 말할 때가 가장 부끄러웠던 것 같아요. 인턴십 전에는 제 생각을 말할 일도 거의 없고, 저 스스로도 느낀 것들을 정리해 본 적이 없어서 진저티에서 그런 질문을 받을 때마다 대부분 당황해서 횡설수설했던 것 같아요. 의견을 정리해서 표현하는 부분에서 제 부족함을 느끼고 스스로 되게 충격받았던 것 같아요."

"고등인턴십은 제 인생의 '전환점'이었다고 생각해요. 처음 시작할 때 저는 스스로에 대한 자신감이 바닥 난 상태였고, 또 '진저티는 회사다'라는 생각 때문에 부담감을 많이 느꼈어요. 누구도 강요한 건 아니었지만요. 그래서 더 빨리 적응하고 능숙하게 일을 해내고 싶다는 조급함이 들면서, 오히려 저의 부족함이 더 느껴져서 힘들었던 것

갈아요. 그러던 중에 진저티분들과 많은 이야기들을 나누면서 '실수해도 괜찮고, 서투른 게 당연하다'는 것을 자연스럽게 알게 되고, 배움과 피드백에 대한 제 생각을 바꾸게 되었어요. 누군가는 고등인턴십을 경험하지 않아도 아는 것일지 모르겠지만, 저에겐 그 생각의 전환이 제 인생에 있어서 중요한 전환점이 되었고, 인턴 이후에도 큰 도움이 되었어요."

그래서 은빈이는 다음에 올 인턴들에게 이런 금쪽같은 조언을 남겼다.

"하루하루를 잘 기록해 두는 것이 좋아요! 예를 들면, 다이어리에 그날 했던 업무, 감사했던 일, 내가 잘한 점, 개선할 점, 내일 할 것 등 짧게 그날의 소감을 기록해두면 좋아요. 저는 디자인을 맡았기 때문에 제가 했던 작업물, 참고했던 자료들을 정리해 두었어요. 다이어리는 빠른 업무 처리에도 도움이 되고, 개인적으로는 개선할 점을 생각하면서 바로 다음 날 적용하려고 노력했던 것 같아요. 그리고 무엇보다 이 기록들은 가끔 생각날 때 보면 새

록새록 기억이 나면서 그 당시의 제 감정이나 열정이 느껴져요!"

은빈이는 이제 안다. 내 생각과 감정, 경험을 차근히 들여다보고 내 언어로 정리해 두는 것의 힘을. 그 단단함에 힘입어 내가 어디까지 갈 수 있는지를. 그리고 덧붙여 진저티의 어른들이 끊임없이 질문하는 이유를.

"진저티의 어른들은 호기심이 많은 어른들인 것 같아요. 서로의 이야기에 관심을 갖고 집중하고 계속 질문하고, 크게는 시대의 변화에 주목하는 모습도 신기했어요. 호기심이라고 하면 주로 어린이들을 떠올리기 마련이지만, 진저티에서 만난 어른들은 그 호기심으로 일하는 것 같았어요. 진저티의 프로젝트들은 대부분 호기심에서 출발하는 것 같은데요, 청소년 프로젝트들도 마찬가지 같고요. 사실 어른들이 청소년에 대해서 별로 궁금해하지 않잖아요. 그런데 진저티에서 만난 어른들은 청소년에 대해서 궁금해하세요. Z세대에 대한 책도 읽고 같이 스터디도 하시고, 저에게 질문도 하시고, 세상과 사람, 변화에 대해 궁금해하는 어른들의 모습을 본 것 같아요."

나는 은빈이 역시 자기 자신에 대한 가능성과 세상에 대한 호기심을 쫓아 진저티에 오게 되었다고 생각한다. 그리고 그 호기심은 제법 많은 것들에 대한 답을 얻게 해주었다. 한 달이라는 짧은 시간 동안 은빈이는 정말 찐한 경험을 했다. 좋아하는 것에 끝까지 몰입해 본 경험, 그것이 일이 될 수도 있겠다는 확신, 내 생각을 내 언어로 정리해 본 경험, 실수해도 괜찮고 서투른 게 당연하다는 힘 빼기의 비밀까지. 한 달이라는 시간은 짧아 보이지만 청소년이 변화하고 성장하기에 충분한 시간이라는 가르침까지 줬다.

> "그때는 마냥 즐거웠다고 생각했는데, 몇 년의 시간이 지난 지금 돌이켜 생각해 보니 부끄럽게 느껴지기도 해요. 성인이 된 지 얼마 안 됐지만, 요즘도 가끔 진저티에서의 고등인턴 경험을 떠올리면, 청소년들에게 그런 경험이 정말 필요한데 기회 자체가 굉장히 드물고 회사 입장에서도 정말 큰 도전이겠다는 생각이 들어요. 저에게 그런 드문 기회를 주신 것에 항상 감사한 마음을 갖고 있어요."

'인사이드아웃' 영화 속 핵심기억구슬에는 저마다 이름이 있다. 가족 섬, 엉뚱 섬, 우정 섬 등등. 은빈이의 핵심기억구슬에는 어떤 이름을 붙여주면 좋을까 생각하다가, '몰입 섬'을 떠올렸다. 은빈이도 나도 열여섯, 열일곱 살에 부딪히고 흔들리며 그러다가 내가 진짜 좋아하는 것에 깊게 몰입해 보는 시간을 보냈다.

어느 날은 자신감이 바닥을 치고 막막한 기분이 들다가도 또 어느 날은 새롭게 발견한 내 가능성에 너무 기뻐서 펄쩍펄쩍 뛰기도 하는. 고등학생 시절은 다 그런가 보다. 질풍노도의 시간을 겪으며 나에 대해서 더 깊고 단단하게 알아가는 시간들이라, 인생의 핵심기억구슬로 남는가 보다. 그리고. 그래서. 우리에게 청소년들이 계속 찾아오나 보다. 틴턴Teen Turn하고 싶다고, 틴턴의 진짜 의미를 묻고 또 찾나 보다.

Story 6

가장 효율적인 비효율

나무늘보 플래시, 이종우

> "처음 일주일 동안 뭘 해야 할지 몰라서 당황스러웠어요. 승훈 님에게 물어보니 '슬랙에 올라오는 것 중에 재밌는 것들은 다 해보고 있다'고 하더라고요. 저는 '하나도 재밌을 것 같지 않다, 나랑 안 맞을 것 같다' 싶었거든요. 차라리 '이거 이렇게 해주세요'라고 딱딱 정해서 던져 주면 좋겠다 싶었어요. 다른 진저티분들에게 어떻게 일하시는지를 물어봐도 스스로 알아서 하신다는데, 저에게는 그렇게 일하는 방식이 조금 과장되게 표현하면 짜증 났어요. 뭔가 명확하지 않은 느낌이 들어서요. 그런데 한 일주일쯤 지나니까 그렇게 하나둘씩 제가 찾아가면서 해나가는 게 적응하는 데 오히려 도움이 된 것 같다는 생각이 들기 시작했어요. 뭘 해야 할지를 스스로 생각하게 된 계기가 됐고요."

무엇을 해야 할지 알려주지 않고 스스로 해보고 싶은 일을 찾아보라는, 어쩐지 되게 비효율적인 것 같고 세상 불편한 일터, 웰컴 투 진저티프로젝트!

종우는 미국 대학 입학을 앞두고 고교 졸업 후 몇 개월간 그야말로 '쉬는 시간'을 보내고 있었다. 고깃집에서 아르바이트해서 번 돈으로 친구들과 실컷 여행도 다니면서 말이다. 종우의 어머니가 현선 님의 지인이었는데, 아들이 이 시간을 좀 더 의미 있게 보낼 방법에 대한 조언을 구하면서 진저티와의 인연이 시작되었다.

솔직히 엄마가 뭘 시키면 일단 안 하고 싶은 게 자식 된 도리인데(?), 종우가 인턴을 하기로 결정했다는 게 신기했다. 게다가 진저티가 무슨 일을 하는 회사인지도 모르고 결정했다는 것은 더더욱. 세상만사 다 귀찮다는 듯한 무표정한 얼굴과 시니컬한 말투, 베토벤과 닮은 헤어스타일의 종우는 영화 '주토피아'에 등장하는 나무늘보를 떠올리게 한다. 안경 너머 작은 눈이 동그랗게 커질 때면 더욱 그렇다. 인턴십 기간에는 잘 몰랐는데 오히려 인턴십을 마치고 함께 회고하면서 나는 종우의 진짜 매력을 알게 되었다. 주토피아의 나무늘보 '플래시'가 그랬듯, 종우도 반전 매력을 뽐냈다. 무슨 일을 하는지 모르는 이상한 회사에 오면, 뭐라고 정의할 수 없는 이상한 일이 생기기 마련! 종우에게도 그 이상한 일이 생기기 시작했다.

> "엄마를 통해 이야기 듣고 좀 망설였어요. 솔직히 하기 싫었어요. 근데 또 그때가 노는 것도 살짝 지겨워진 타이밍이어서, 지금 아니면 또 언제 이런 경험을 해보겠냐 싶

은 마음에 하기로 했죠. 처음에는 출퇴근하는 것도 피곤하고, 출근해서 뭘 해야 할지도 잘 모르겠고, 내가 이걸 왜 하고 있나 싶기도 하고, 이것도 나랑 안 맞나보다 싶었는데, 그런 생각들이 일주일 만에 사라지고, '내가 그동안 내 생각의 바운더리를 너무 좁게 가지고 있었구나'라고 깨닫기 시작했어요."

종우는 진저티를 거쳐 간 고등인턴들 중에 몇 안 되는 일반 고등학교 출신 인턴이다. 그 때문에 종우의 관점과 의견은 학생들을 이해하는 데 큰 도움이 되었다. 종우가 합류한 시기, 진저티는 고양시와 함께 교육 연구 프로젝트를 진행 중이었는데, 고양시에서 초중고교를 졸업한 종우는 당사자로서의 경험과 생각을 가감 없이 이야기해 주었다. 고양시 전역을 돌아다니며 수업을 모니터링하는 현장 연구를 진행하는데, 종우는 인간 내비게이션이자 정보원으로 함께했다. 어느 학교에 가면 이 학교 다닌 친구들이 말하길 이렇다더라, 어느 동네에 가면 이 동네는 어떤 식당이 맛집이라더라 줄줄 읊었다. 현장에 계신 선생님들과의 중간 공유 회의에 종우가 함께 했는데, 고양시 출신 고등인턴이라고 소개하면 선생님들도 놀라시면서 반갑게 맞아주셨다. 종우 역시 학생이 아닌 인턴으로서 익숙했던 동네와 학교를 새롭게 바라보게 된 경험이 인상적이었다고 회고한다.

> "고양시 프로젝트는 고양시에서 학교에 다녔던 저에게 익숙했던 학교를 좀 다른 관점에서 바라볼 수 있게 해준 색다른 경험이었어요. 제가 학생이었을 때 이런 수업이 있었다면 어땠을까 생각하게 되더라고요. 훌륭한 선생님들과 마찬가지로 열심히 하는 학생들이 참 많다는 것도 인상적이었어요. 제가 학생이었을 때는 이런 기회들이 왜 안 보였을까, 보였다면 나도 이 친구들처럼 열심히 했을까 부끄럽기도 했고요. 주은 님이 어느 고등학교에서 강의하실 때 고등인턴을 하는 여러분의 또래도 있다고 뒤에 있던 저를 언급하셨는데, 제가 뭐 그렇게 대단한 것 같지는 않은데 저 스스로에 대해서 좀 새롭게 느끼게 된 순간이었어요. 나도 이 친구들과 별로 다르지 않은 고양시의 평범한 고등학생인데 나는 지금 인턴을 하고 있네…."

같은 공간이라도, 역할이 달라지면 관점이 바뀐다. 태도가 달라진다.

종우는 바로 얼마 전까지만 해도 우리가 함께 연구하러 갔던 학교의 학생으로 교실에 앉아 있었다. 달라진 것이 별로 없어 보이지만, 학생에서 인턴으로의 정체성 변화는 종우에게 똑같은 학교, 똑같은 수업도 다르게 바라볼 수 있는 새로운 렌즈를 장착해 주었다. 이 변화는 종우의 내면에도 큰 파동을 일으켰다. 고등인턴을 하면서 새롭게 알게 된 것이 무엇이냐는 질문에 종우는 한 치의 망설임도 없이 '자기 자신'이라고 답한다.

> "저 자신에 대해서 가장 많이 알게 된 것 같아요. 인턴십을 하면서 여러 프로젝트를 경험할 수 있었는데요, 그중에 교육 관련 프로젝트는 저와 맞지 않을 것 같다고 단정 짓고 '안 맞을 텐데 힘들지 않을까?' 걱정부터 했어요. 그런데 막상 업무를 시작해 보니 생각보다 너무 잘 맞아서 놀랐어요. 그동안 제가 해보지도 않고 싫어했다는 걸 발견하게 된 거죠. 아빠, 엄마, 누나가 모두 교육 쪽에서 일하다 보니 어릴 때부터 '나는 선생님은 안 될 거다, 나는 문과는 안 갈 거다'라고 다짐했거든요. 그런데 전주에서 트윈세대 도서관 프로젝트를 하면서 중학생들과 함께 활동할 때 아이들이 재밌어하는 걸 보면서 뿌듯했어요. 딱히 의도한 건 아닌데 제가 아이들 취향에 잘 맞출 수 있

다는 걸 확인한 순간 신기하더라고요. 먼저 막 다가가면 부담스러워할 것 같았는데, 그게 아이들과 잘 맞더라고요. 그런 경험들이 계속 쌓이다 보니, 해보지도 않고 무턱대고 싫다고 했던 저를 다시 돌아보게 됐어요. 그 이후로는 새로운 일에 도전하는 것을 두려워하지 않게 된 것 같아요. '어떤 일이든 일단 시작해 보자'고 능동적으로 생각하게 되고, 사전에 한계치를 두지 않으려고 노력하게 됐어요."

"가장 뿌듯했던 순간은, 제가 참여한 프로젝트가 마무리되어 결과물이 나왔을 때였어요. 한마디로 표현하기는 힘들지만 '성취 자체에 대한 성취감을 느꼈다'라고 표현하는 것이 제가 느꼈던 감정에 가장 가까울 것 같아요. 본격적으로 사회생활을 시작하지 않는 그 나이대에는 좀처럼 느끼기 쉽지 않은 감정이라는 사실도 한몫했다고 생각해요. 결과물에 대한 성취감이라기보다 무언가를 해낸 나 스스로에 대한 뿌듯함이요. 그걸 계기로 나 스스로에 대해서 새롭게 알게 된 건, 제가 효율을 많이 따지는 사람이라는 거예요. 초반에는 꼼꼼하게 하다가 후반이 되면 힘이 달리곤 하는데, 그러다 보니 시작할 때부터 능

률을 따지고 있더라고요. 어떻게 하면 시행착오 없이 빠르고 완벽하게 마무리할까? 일의 진전 없이 효율만 찾으면서 결국 마무리를 잘 짓지 못하는 안 좋은 습관이 있었는데, 진저티에서부터 좀 달라졌어요. 요즘은 좀 비효율적이라도 일단 시작하면 마무리를 하게 되지 않을까 생각하게 되었고요. 예전에는 이게 효율적인가 아닌가를 늘 고민했거든요. (진저티는 되게 비효율적인 결정들을 많이 하죠) 맞아요. 그런 게 참 진저티스러워요. (다른 한편으로는, 우리 사회가 청소년들마저도 효율을 따지도록 만들었다는 사실이 좀 씁쓸하네요) 저도 그걸 제일 크게 느낀 것 같아요. 그렇게 교육을 받아서 그런지 저 혼자서는 도저히 비효율적으로 뭔가를 시작하거나 마무리 짓기가 너무 어렵더라고요. 그 고민을 계속하다가 어느 날 아버지에게 여쭤봤어요. 아버지가 '이 세상에 효율적으로 마무리되는 일이란 없다. 모두 시행착오를 거치면서 하는 거다. 너는 아직 어린데 벌써 효율, 비효율을 따지지 않아도 된다'고 하셔서 좀 마음이 놓였던 것 같아요."

종우와 나눈 '비효율과 효율'에 관한 대화는 내 학창 시절의 몇몇 장면들을 떠올리게 해주었다. 나 역시 효율을 따지며

철저하게 계획을 세워서 공부하는 모범생이었다. 그런데 신기한 것은, 그렇게 목표와 전략을 세워 일분일초를 아껴가며 공부했던 시간들, 공부했던 내용들은 솔직히 지금 하나도 기억이 안 난다는 것이다. 되게 무모하고 시간 낭비한 것처럼 보이는데 뭘 그렇게까지 열심히 했을까 싶은 동아리 활동들(여름방학 특별 프로그램에 덜컥 지원해서 중간고사 직전에 광주비엔날레까지 다녀온 미술 클럽 활동이나 편집 회의와 기사 작성에 걸린 시간은 3년 중에 한 달도 채 안 되고 거의 맨날 놀고 먹고 이야기했던 교지편집부 활동이 그렇다), 매일 만나면서 무슨 할 이야기가 그렇게 많은지 하루가 멀다하고 친구와 주고받았던 새벽 감성 편지들, 독서실에서 라디오 DJ 오빠와 교감했던 수많은 밤들, 그러던 어느 날 공개 방송 당첨돼서 반 친구들 모두 데리고 방송국에 갔던 날, 외국에 남자친구 한 명쯤은 있어야 한다고 사전 찾아가며 열심히 편지 주고받으며 나의 세계를 확장했던 펜팔, 뭐 이런 것들만 생생하게 기억난다.

그러고 보면 학창 시절의 추억이라는 것은 대체로 비효율적인 선택과 결정에 의해서 만들어진다. 효율이란, 들인 노력 대비 얻은 결과의 비율인데, 인생을 바꾼 경험, 본질적인 변화 같은 것들은 효율을 따질 수가 없지 않나? 우리가 인생 경험이라고 부르는 것들은 대개 비효율적인 것들이다. 그리고 그런 순간들만 오래도록 기억에 남는다. 살아가는 힘은 그런 무용한 순간에서 나온다.

종우는 비효율적인 회사에서 비효율적인 순간들을 견딘(?) 덕분에, 진짜 효율이란 것이 어떻게 생겨나는 것인지 알게 되었다. 언뜻 무모해 보이고 시간을 낭비하는 것처럼 보이더라도 일단 시작해 보면 예상하지 못한 배움과 성장이 있더라는 이상한 일들을 경험하면서 말이다.

많은 사람들이 진저티를 '이상한 회사'라고 표현한다. 안에 있는 나도 그렇게 생각하는데 밖에서 보는 사람들은 오죽할까. 그 '이상함'에 대해 생각해 본 적이 있다. 우리가 하는 일들을 명확하게 정의하기 어렵다 보니 이상해 보일 것이고, 이따금 평범하지 않은 선택과 결정들을 하다 보니 또 이상해 보일 것이다. 이상한 회사 진저티에는 '어쩌다'도 많고 '굳이'도 많다. 우리는 어쩌다 실험실에서 유레카를 외치는 연구자 같기도 하고, 굳이 굳이 엑스트라 마일을 가며 끝끝내 이루고야 마는 장인 같기도 하다.

고등인턴들에게 이 '어쩌다'와 '굳이'는 꽤 낯선 경험일 거다. 그들이 상상했던 회사의 모습은 이런 모습이 아니었을 테니까. '어쩌다' 시작한 사업이 다음 해의 비전이 되기도 하고, '뭘 그렇게까지' 하나 싶은 일들을 굳이 굳이 정성껏 한다. 그뿐인가. 동그랗게 마주 보고 앉아서 '어땠어요?'를 물으며 서로의 감정을 나누다가 누군가 눈물을 흘리기도 하는 주간 회의의 모습이라든가, 해야 할 일을 정해주거나 자세히 가르쳐주지 않고 스스로 고민하고 부딪히며 함께 배우고 만들어 가는 모습이라든가. '이 회사는 왜 이렇게 이상해?' 싶은 순간이 한두 가지가 아닐 거다.

초중고를 거치며 빠르게 정답을 찾도록 교육받은 학생들에게 진저티가 제공하는 다양한 선택지와 솔직한 감정을 묻는 질문은 여간 당황스러운 일이 아닐 것이다. 이전까지의 작동 방식을 뒤흔드는 '사고 정지'의 모호한 구간, 답이 없는 상태를 견디다 보면 오히려 답이 아닌 질문이 생긴다. 나는 왜 여기에 있지? 뭘 해야 하지? 뭘 하고 싶지? 물어보게 되고 생각하게 된다. 그렇게 질문하고 답하다 보면 사람들이 말하는 정답이 아니라 내가 진짜로 원하는 것, 나의 진짜 모습을 발견하는데 이른다. 그렇게 찾은 답이 진짜 답이다.

해야 할 일을 하나부터 열까지 정해서 알려주는 '편안한' 일터에서는 업무에 대한 이해나 성취해 내는 속도가 빠를지는 모르겠지만, 그 일이 '나의 일'이라는 주인의식을 갖기는 쉽지 않다. '불편한' 일터에서는 무엇을 해야 하는지 명확하지 않을 수는 있으나 왜 내가 그 일을 해야 하는지에 대해 스스로 고민하고 결정하기 때문에 책임감을 갖고 시작하고 또 성취하면서 과정의 모든 경험을 나의 것으로 만들 수 있다.

"'나의 첫 번째 명함'이라는 키워드로 저의 고등인턴십을 정의하고 싶어요. 저의 '커리어'라고 하기엔 준비도 덜 되어있었고 부족함도 많았던 인턴십이었지만, 경험으로나마 제 이름이 쓰인 명함을 처음으로 가질 수 있었던 곳이었고, 저에게 책임감, 소속감, 그리고 진짜 사회를 경험할 수 있게 해준 인턴십이었으니까요. 태어나서 처음 받아본 명함이었어요. 그 명함이 종이 한 장에 불과하지만 엄청난 무게였던 것 같아요. 미국에서 대학 생활하다 보니 친구들이 자기 명함을 직접 만들어서 회사들에 뿌리기도 해요. 구직 활동을 위해서요. 그런 애들도 있는데, 저는 진짜 명함을 가져봤잖아요. 저 명함이란 게 그렇게 큰 거라는 것을 다시 한번 느꼈어요. 책임감이 느껴졌는데 그게 또 그렇게 막 부담스럽지는 않았어요. 그래서 오히려 더 좋았던 것 같고요. 주은 님을 대신해서 승훈 님과 둘이 작은 컨퍼런스에 참석했을 때 처음에는 우리가 여기 가는 게 맞나 싶었는데, 오신 분들과 서로 소개하며 그 명함을 나누면서 '아, 우리가 진저티를 대표해서 왔구나' 왠지 뿌듯했어요."

종우는 진저티에서의 고등인턴십을 통해, '비효율의 효율'을 경험했다. 그 경험은 다소 무모한 실험 같아 보였지만, 종우의 인생 경험이 되었으리라. 시간이 금이라는 말은 시간이 아까우니 일분일초를 아껴 쓰라는 뜻도 있지만, 시간이 허락하는 모든 경험이 귀하니 마음껏 누리라는 뜻으로도 생각해 볼 수 있지 않을까? 그리고 그것이야말로 청소년기의 특권이 아닐까?

"일터에서의 배움은 '누가 알려주지 않는 배움'인 것 같아요. 학교에서는 일일이 가르쳐주는 선생님이 있고 짜인 시간표에 맞춰서 일과를 보내지만, 진저티에서는 업무를 배정해 주는 사람도 업무를 하나부터 열까지 자세하게 가르쳐주는 사람도 없다는 점에서 달랐어요. 처음에는 그게 너무 당황스럽고, 차라리 누가 이거 해달라고 정해서 알려주면 좋겠다는 생각이 들었어요. 그런데 일주일 정도 지나니까, 저 스스로 뭘 해야 할지 생각해 보게 되고, 그런 시간들이 쌓이다 보니 자연스럽게 나도 뭔가 해보고 싶다는 마음이 들더라고요."

Story 7

주인처럼 일한다는 것

한국말 배우러 온 교포 틴턴, Daniel Oh

"제가 가장 성장한 부분은 한국말 실력입니다. 고등인턴을 시작하기 전에는 존댓말이 어색한 전형적인 교포였는데, 지금은 살짝 덜 어색한 교포입니다 :) 한국에 대해서도 많이 배운 것 같습니다. 국제학교에 다녔기 때문에 편의점 빼고는 한국을 알 기회가 거의 없었거든요. 한국말 실력 외에도 다양한 사람들을 만나고 워크숍 현장을 관찰하며 함께한 경험은 매우 유용했어요."

고등인턴십 덕분에 존댓말이 덜 어색해졌다는 대니얼의 이야기를 해보려고 한다.

미국에서 나고 자란 대니얼은 사실 나에게는 친조카와 진배 없다. 대니얼의 부모님은 우리 부부와 친 형제자매처럼 가까운 사이라, 아이들의 성장 과정이나 인생의 중요한 순간들을 가까이서 나누어 왔다. 대니얼을 처음 만났을 때가 대 여섯 살 때 쯤이었으니까 15년 넘게 대니얼의 성장을 지켜본 셈이다. 대니얼(과 곧 등장할 데이빗)은 7년 전쯤 가족과 함께 한국으로 귀국했고, 그 후로는 쭉 국제학교에 다니고 있었다. 그리고 11학년 여름방학, 나의 제안으로 진저티에서 고등인턴십을 시작하게 되었다.

대니얼이 고등인턴십을 하기로 마음먹은 가장 큰 이유는

'한국어 실력을 높이기' 위해서였다. 가족들과 간단한 대화를 나누는 데는 어려움이 없지만, 일상에서 주로 영어를 사용하다보니 아무래도 한국말이 서툴 수밖에 없었다. 존댓말이 익숙지 않아서 말끝을 흐리게 되거나 이따금 귀여운 반말이 튀어나오기도 했다. 그런 대니얼에게 한국 회사에서 인턴십을 하기로 한 결정은 결코 만만한 도전은 아니었을 것이다. 뒤늦게 고백하기를 주간 회의 시간에 우리가 나누는 일상적인 대화들이 자신에게는 바짝 긴장하고 들어야 하는 '듣기평가'처럼 느껴졌단다. 사실 대니얼은 미국의 우수한 고교생들만 가입할 수 있는 내셔널 아너 소사이어티National Honor Society의 멤버이다. 학업 성적뿐 아니라 리더십, 커뮤니티 활동 면에서도 탁월함을 인정받은 그가 진저티에 와서 처음 얼마간은 회의에서 말 꺼내기조차 겁내던 모습이 영 낯설고 안쓰럽기까지 했다. 초반에는 정확한 의사소통을 위해 업무 설명을 영어로 하기도 했지만, 미팅이나 워크숍에서 만나는 사람들과의 대화, 맡게 되는 현장 업무들이 대부분 한국어로 이루어지다 보니 자연스럽게 대니얼의 한국어 실력이 늘었다.

대니얼은 새로운 실험을 계획하고 준비하는 데 필요한 해외 자료 조사와 인사이트 도출을 주로 담당했다. 당시 진저티는 청소년을 위한 새로운 도서관 프로젝트를 진행하고 있었는데, 내가 다 읽고 소화하려면 하루가 꼬박 걸리는 영문 자료들을 한두 시간 만에 뚝딱 정리해 내는 동시에 자신의 미국 도서관 이용 경험을 바탕으로 한국의 청소년들에게 참고가 될 만한 적용점까지 뽑아냈다. 워낙 리서치 속도가 빠르기도 하고 핵심 내용을 금세 정리해 내니까 좀 더 어려운 미션을 줘봐야겠다는 생각이 들었다. 함께 조사하고 고민한 내용들이 현장에서 어떻게 적용될지 늘 궁금해하는 대니얼에게서 힌트를 얻었다. 대니얼은 어떤 프로젝트를 하든 직접 적용해 보고 현장에서 답을 찾는 '실천가practitioner'이기 때문이다(청소년들과 환경 프로젝트를 진행할 때면, 누구보다 열심히 제로웨이스트zerowaste를 실천하면서 주변 사람들에게 환경 전도사가 됐던 대니얼이 기억난다).

리서치한 내용을 한국어로 번역하고 실제로 적용하고 도움받을 사람들(도서관 운영자들) 앞에서 직접 발표하는 기회를 만들었다. 안전한 환경에서 미리 연습해 볼 시간도 마련했다. 진저티 내부에서 팀을 꾸려 리허설 및 피드백 나누는 시간을 가지면서, 어색한 한국어 표현을 꼼꼼하게 수정하고 좀 더 강조할 내용들을 한 번 더 짚었다. 드디어 도서관 운영자와 건축가 등 외부 파트너들에게 태어나 처음 한국어로 프레젠테이션

하는 날이 왔다. 처음에는 발표하는 중간중간 말이 꼬이기도 하고, 그러다가 답답하면 영어가 튀어나오기도 했지만, 발표할 기회들이 늘어나면서 한국어에 대한 자신감이 붙고 있다는 것이 느껴졌다. 대니얼 스스로 느낀 변화는 말할 것도 없다.

> “가장 뿌듯했던 순간은 발표를 잘 마쳤을 때였습니다. 사실 새로운 어른들을 만날 때마다 말문이 막히고 부끄러웠어요. 한국말이 어색해서 처음 만난 어른들에게 혹시 예의 없어 보이지 않을까 걱정하고 그러다가 말이 꼬일 때면 정말 부끄러웠거든요.”

이런 부끄러운 순간들을 견디고 또 지나면서 대니얼은 존댓말이 좀 덜 어색한 교포가 되었다. 얼마 후에는 한국어로 주간 회의를 진행하기도 했고, 첫 번째 인턴십을 마치고는 태어나 처음 한국어로 외할머니께 손 편지를 써드리기도 했다.

> ‘Language teaching is an educational endeavor which should seek to empower learners by enabling them to assume an informed and self-directive role in the pursuance of their language-re-

lated life goals. 언어를 가르친다는 것은, 학습자가 언어와 관련된 자기 삶의 목표를 달성할 수 있도록, 잘 아는 분야에 대해 주도적인 역할을 수행할 수 있도록 도움으로써, 학습자에게 힘을 실어주는 교육적인 노력입니다.'

이안 튜더Ian Tudor라는 학자가 〈Learner-centredness as Language Education〉에서 한 말이다. 언어를 배운다는 것은 확실히 자신의 세계를 확장하는 일이다. 때로 부끄럽고 고통스러울지라도 말이다. 또한 언어를 배운다는 것은 새로운 세계를 주체적으로 탐색하는 일이기도 하다. 언어를 최종 목적으로 삼지는 않았으나 언어에 익숙해지도록 환경을 만들어 주다 보니 생각지도 못한 부분에서 대니얼에게 힘을 실어줄 수 있었다.

고등인턴들은 우리가 미처 예상하지 못한 것들까지 배운다. 이를테면 자기 삶을 조금 더 넓고 깊게 또 멀리 내다보고 준비하는 마음이라든가, 한국어 실력을 늘려서 미처 전하지 못했던 마음을 깊숙이 나누게 된다든가.

인턴십 초반에는 언어의 한계를 뛰어넘으며 자신의 세계를 확장하는 것 같았는데, 중반 이후부터는 또 다른 양상이 펼쳐졌다. 어느 순간, 대니얼은 프로젝트의 '주인'이 되어 있었다. 진저티 최장기 인턴답게 하나의 프로젝트를 시작부터 끝까지 온전히 경험할 수 있었다는 점과 현장에서의 적용과 구체적인 변화를 고민하는 대니얼의 강점이 합쳐져 엄청난 '주인의식'을 만들었다. 배움의 쓸모를 생각하는 대니얼에게는 어쩌면 당연한 일이었을지도 모른다.

> "학교에서는 이론을 배운다면, 일터에서는 그 이론이 실제로 어떻게 쓰는지를 배우는 것 같습니다."

주인처럼 일하는 고등인턴은 프로젝트에 함께하는 파트너들에게도 티가 난다. 아니 어쩌면 함께하는 어른들의 존중 때문에 대니얼의 주인의식이 더 강화된 것일지도 모르겠다.

대니얼이 시작부터 끝까지 함께했던 청소년 공간 프로젝트에서는 모두가 별명을 사용했다. 프로젝트를 진행하는 어른이든 참여하는 청소년이든, 재단 직원이든 건축가든 운영자든 고등인턴이든. 서로를 별명으로 부르며 수평적인 소통을 이어갈 수 있었다는 것은 대니얼에게도 '한국어가 좀 서툴지만 내 생각을 적극적으로 이야기해도 괜찮은 곳' 즉, 안전한 환경으로 느껴졌을 것이다. 사실 여러 파트너와 함께 대규모 프로젝트를 진행하는 과정에서 고등인턴의 의견을 묻고 발언할 기회를 준다는 것은 흔한 일이 아니다. 대니얼이 프로젝트에 책임감을 느끼고 주인으로 참여하며 성장할 수 있었던 데에는 진저티 뿐 아니라 다양한 외부 파트너 기관 어른들의 존중과 이해, 응원이 정말 큰 역할을 했다. 담당자로서 특히 감사한 부분이다.

> "처음에는 뒤에서 조용히 주어진 일들을 처리하는 것처럼 보였는데 프로젝트 중반 이후부터는 프로젝트에 참고하면 좋을 것 같은 해외 자료들, 사례들도 찾아주고 요약해서 발표해 주는 모습을 보면서 이 친구가 '프로젝트에 주도적으로 임하고 있구나', '스스로도 자신이 도움을 주고 있구나' 자신감이 생겼다는 게 느껴졌어요." _도서문화재단 씨앗 김진옥 님

> "'청소년'이라는 것이 고등인턴들이 공통으로 가진 당사자성이라면, 영어를 편하게 사용하는 것은 피기(대니얼의 프로젝트 내 별명)만의 강점이잖아요. 아마 그 강점을 좀 더 발휘해서 역할을 할 수 있도록 환경을 만들어 주신

점이 피기에게도 좀 더 의미 있는 기여를 할 수 있게 된 계기가 된 것 같아요. 기능적으로 누구도 쉽게 하지 못하는 것을 피기가 맡아서 잘해준 것 같아요." _도서문화재단 씨앗 문기원님

"티티섬(청소년을 위한 도서관)의 운영자들이 모두 입사하고 피기를 포함한 기획팀이 함께 자리할 일이 있었는데요. 피기가 '어떤 분들이 운영자로 들어올지 걱정했는데, 모두 좋은 분들로 잘 들어온 것 같다'고 안도하더라고요. (웃음) 피식 웃음이 나오기도 했지만, 프로젝트에 대한 애정과 주인의식을 느낄 수 있었어요. 정말로 이 프로젝트가 진심으로 잘되길 바라는 피기의 마음이 느껴졌어요." _도서문화재단 씨앗 김진옥님

사실 대니얼은 고등인턴십 이후 미국 대학에 진학했는데, 코로나19가 전 세계적으로 기승을 부리는 바람에 출국하지 못하고, 1학년 과정을 비대면 수업으로 채웠다. 그 시기 진저티에서 인턴십을 이어가면서, 낮에는 일하고 밤에는 (미국 시간에 맞춰) 학업을 이어가는 그야말로 '주경야독'을 강행했다. 매일 몇 시간밖에 못 자면서도 낮 동안 청소년 프로젝트의 마

지막 작업에 함께 했고, 튼튼이 진저티의 영문 홈페이지 작업도 맡아서 진행했다.

청소년을 위한 도서관 '라이브러리 티티섬' 프로젝트의 파트너인 도서문화재단 씨앗의 어른들은 이 프로젝트의 초기 기획에 고등학생으로 조인해서 대학생이 되어 도서관 오픈까지 함께한 대니얼의 변화와 성장 과정을 진저티와 함께 목격한 증인들이다. 진저티 밖에서 (그렇지만 가까이서) 또 다른 관점으로 대니얼과 함께한 어른들은 무엇을 보고 느꼈는지 물어보지 않을 수 없었다. '틴턴' 실험의 의미와 가능성을 외부인의 시선으로 읽어주신 두 분의 이야기는 진저티에게 큰 응원이자 격려였다.

> "우리가 청소년의 니즈를 바탕으로 프로젝트를 진행한다 해도, 아이들의 이야기를 해석하는 데 있어서 추측 정도만 하기 쉬운데, 피기가 중간중간 자기 생각이나 친구들의 생각을 바탕으로 들려주는 의견들을 통해서 '아, 이런 맥락에서 이런 이야기들이 나오는구나'를 확인할 수 있었고, 그런 방향들을 잘 짚어줘서 좋았어요. 아이들과 함께 워크숍을 진행할 때도 아이들이 선뜻 의견 내기 어

려운 때 피기가 먼저 자기 이야기를 꺼내면서 좀 더 촉진할 수 있었던 것 같고요." _도서문화재단 씨앗 김진옥 님

"영문 자료를 서칭하고 요약해서 발표하는 게 아무리 빨리할 수 있다고 해도 굉장히 시간이 드는 일인데, 그걸 되게 흔쾌히 그리고 재밌어하면서 임한다는 게 돈을 받고 하는 일과는 좀 다른 자세였던 것 같아요. 부탁하면서도 덜 미안하고, 이 친구에게도 도움이 될 수 있다는 생각이 들었어요." _도서문화재단 씨앗 김진옥 님

"피기가 프로젝트 안에서 점점 독립적으로 움직이고 있다고 느꼈어요. 라라(라이브러리 티티섬 관장)가 가볍게 이야기한 책도 놓치지 않고 시간과 정성을 들여 읽고 또 정리한 다음 공유해주었을 때 그래서 모두가 더욱 의미 있게 받아들인 것 같아요." _도서문화재단 씨앗 문기원 님

진저티 안팎에서 다양한 어른들과 함께한 경험은 대니얼에게도 특별한 인생 경험으로 회고된다.

"모든 어른들이 저에게 크고 작은 영향을 미쳤습니다. 진

저티는 저의 첫 공식 일자리, 첫 한국말만 쓰는 공동체, 처음으로 부모님이나 선생님이 아닌 어른들과 대화하는 환경이었기 때문에 더 많은 영향을 받은 것 같습니다."

"특히, 진저티에서 만난 어른들은 '진심을 말하는' 어른들입니다. 청소년의 목소리를 중요하게 여기는 어른들이고, 항상 회고하는 어른들입니다. 인턴을 하면서 어른에 대한 이미지가 좀 깨진 것 같습니다. 전형적인 회사원typical worker에 대한 이미지가 좀 달라진 계기가 된 것 같아요. '어른', '일' 하면 떠오르는 이미지가 좀 딱딱한 이미지였는데, 진저티의 어른들은 때로는 열심히 때로는 느슨하게, 일할 땐 열심히 일하고 쉴 땐 잘 쉬는 어른들이었어요. 내가 생각했던 그런 어른들이 아니구나, 어른들도 사람이구나! (웃음) 어른들에 대한 생각이 많이 바뀌었어요. 그래서 저에게는 정말 중요한 첫 일 경험이었어요."

"진저티에서의 고등인턴십을 한마디로 정의하면, '좋은 관계'예요. 진저티 안팎의 다양한 어른들 그리고 청소년들과 만나고 함께 하면서 맺은 관계들이 정말 특별해요."

언어의 한계를 뛰어넘으며 자신의 세계를 확장한 대니얼은, 일의 쓸모를 적극적으로 고민하면서 프로젝트의 주인으로 성장했고, 다양한 어른들 그리고 청소년들과 좋은 관계를 맺으며 또 한 번 새로운 지경을 개척하기에 이른다. 진저티를 거쳐 간 11명의 고등인턴 중 1년 반이라는 최장기 인턴십 기록을 갱신한 대니얼은, 그 시간의 길이와 농도만큼이나 끈끈하게 오늘도 여전히 진저티 남가주 지부 구성원으로 단단히 연결되어 있다. 수줍은 목소리와 어색한 발음으로 "안녕하쎄요", "안녕히계쎄요" 사무실 문을 여닫던, 돼지국밥을 사랑하는, 현란한 손놀림의 카드 마술을 시연하며 90년대 가요를 흥얼거리던 대니얼의 순박한 미소가 몹시 그리운 날이다.

Story 8

내가 좋아하는 것이 바로 나

고등학자였고 고등인턴이었던, 전환희

'방탄소년단(이하 BTS)'이라는 보이 그룹이 있고, 멤버 중에 '슈가'라는 천재 래퍼가 있으며, 팬클럽 이름이 '아미 ARMY'라는 것을 처음 알게 된 건, 2017년 '고등학자' 프로젝트에서 만난 환희 덕분이다. 환희는 당시 '꽃다운친구들'이라는 청소년 갭이어gap year 프로그램에 참여하고 있던, 열여섯 살의 홈스쿨러homeschooler였다. 새하얀 얼굴에 커다란 눈, 숏컷 헤어스타일에 모델 기럭지, 캡 모자와 컨버스 하이, 중성적인 옷을 즐겨 입는, 조용하지만 눈에 띄는 친구였다. 무엇보다 환희는 어마한 열정의 아미ARMY다. 수줍음 때문이었을까 뭘 물어봐도 단답형으로 대답하는 환희가 큰 눈을 반짝이며 세 문장 이상 이야기를 이어갈 때는 어김없이 방탄에 대해 이야기할 때였다. 그래서 나는 종종 환희에게 방탄의 근황을 물으며 대화의 문을 열곤 했다. 새 앨범이 나왔다는데 어떻냐, 슈가는 어떤 곡에 참여한 거냐 등등. 잘 알지도 못하면서 어떻게든 환희와 이야기를 이어가려고 애를 썼다. 나에게 방탄은 곧 환희였다.

'우린 빛나고 있네, 각자의 방, 각자의 별에서.
우린 우리대로 빛나, 우리 그 자체로 빛나'
- 소우주, BTS

'고등학자'는 진저티의 첫 번째 청소년 프로젝트이자 교육 프로젝트다. 연구 대상에서 주체로 변신한 청소년들이 자신의 목소리를 찾아 발신한 '청소년 주도 연구 프로젝트'이다. 고등학자 이전에 진저티는 주로 비영리 조직들을 위한 사업들을 해왔는데, 고등학자를 기점으로 청소년 그리고 교육 영역으로 사업 범위를 확장하게 되었다. 그렇게 결정한 데는 여러 이유가 있었지만 분명한 한 가지는, 각자의 별에서 그들답게 빛나는 청소년들과 찐한 만남이 있었기 때문이다. 청소년이 원하는 것은 청소년이 가장 잘 알지 않을까? 청소년에 '대한' 연구 말고, 청소년이 '스스로 목소리를 내는' 연구를 해보면 어떨까? 중력을 거스르는 이 발칙한 상상은, 청소년의 목소리Voices of Youth를 따라가는 우리 여정의 출발점이 되었다. 진저티가 '청소년의 목소리'에 주목하고 '청소년 스스로 경험의 주인이 되는' 온갖 실험을 시작하게 된 배경에는 고등학자가 있다.

청소년들에게 처음 '어땠어요?'라고 물어보면 십중팔구는 '좋았어요' 단답형으로 대답한다. '뭐가 좋았어요? 그렇게 느낀 이유는 뭐예요?' 끈질기게 물으며 '나는 당신의 이야기에 귀 기울일 준비가 되어있어요'라고 신호를 보내면, 오래지 않아 마음의 빗장이 열린다. 그러고 나면 '나한테 이런 이야기까지 한다고?' 싶을 만큼 저마다 깊숙이 숨겨두었던 이야기들을 봇물 터지듯 쏟아낸다. 내 관심사에 대해 호기심을 갖고 물어봐 주는 사람, 눈 맞추고 귀 기울여 들어주는 사람이 없었을 뿐, 저마다 하고 싶은 이야기들은 가득 차 있는 것이다. 청소년들 안의 오롯한 자기 목소리, 솔직하고 구체적인 욕구, 잠재된 가능성을 들여다보고 꺼내주는 것이 바로 나의 일이다. 나는 목소리 수집가Voice collector로서 나의 일을 고등학자에서 찾았고, 그것에는 환희와의 만남도 한몫했다.

환희는 '디지털 미디어'로 자신을 표현하고 목소리 내는 친구다. 어렸을 때부터 레고나 스톱모션 만들기 등 무언가 만드는 데서 큰 기쁨을 느꼈단다. 그런 환희가 고등학자가 되어 친구들과 함께 '청소년이 원하는 쉼'에 대한 연구를 하게 되고 또 그 결과를 동영상으로 만들어 내는 모습을 보면서 이렇게도 자기 목소리를 내는 청소년이 있구나, 참 환희답다고 느꼈다. 환희는 덕희Ducky라는 오리 캐릭터에 자신을 투사하여 짧지만 강렬한 동영상을 만들었다. 말처럼 간단한 작업은 아니었다. 컨셉을 잡고 캐릭터를 만들고 연구 결과를 스토리로 풀어내는 작업은 환희로 하여금 몇 날 며칠을 방구석에 틀어박혀 몰입하게 했다. 그리하여 결과발표회 날, 모두에게 동영상이 공개되었을 때, 참석한 사람들이 '우와'하고 박수를 쳤다. 생각보다 짧아서 좀 아쉽긴 했지만, 청소년의 쉼에 대한 생각의 전환과 호기심을 끌어내기에는 충분했다. 환희의 부모님과 언니도 그 자리에 함께했는데, 발표회를 마치고 인사를 나눌 기회가 있었다. 환희가 그렇게까지 작업에 몰두할 줄 몰랐다며 마냥 어리게만 보이던 막내딸의 성장을 흐뭇해하시는 부모님을 보며 나 역시 기뻤다(그렇게 맺어진 인연으로 환희 부모님은 진저티 페이스북의 애독자가 되어주셨다). 청소년들은 각자 자기만의 속도로 궤도를 돌며 빛을 내고 있다. 각자의 방 혹은 각자의 별에서, 그들은 그들답게 빛난다. 사실 청소년기라는 자체만으로 충분히 빛난다.

그 빛의 잔상은 오래 남아, 나는 틈만 나면 환희에게 연락했다. 고등학자 사례 발표나 인터뷰 기회가 있을 때마다 가장 먼저 환희가 떠올랐던 것은 환희의 빛이 그만큼 강렬했기 때문일 거다. 얼마 후 나는 작정하고 환희에게 고백했다. '고등인턴 한 번 해보지 않을래?'

> "처음 인턴십 제안을 받았던 당시 제가 열여덟 살이었는데 그 나이에 인턴 할 수 있는 기회가 거의 없잖아요. 엄

마가 '시험은 언제든 다시 볼 수 있지만 이런 기회는 다시 오지 않을 수도 있어'라고 조언해주셔서, 지금이 아니면 이런 경험을 또 언제 해볼까 싶어 하기로 했어요. 물론 결정을 하기까지 여러 가지 고민이 있었어요. 과연 제가 회사 일과 공부를 번갈아 가면서 해낼 수 있을지, 아무런 일 경험이 없는 제가 어른들 사이에서 잘 할 수 있을지 의문이 들었지만 이런 걱정들까지도 다 고등인턴십의 일부라고 생각하기로 했어요."

한 번 더 고민해 보고 자기 목소리로 이야기하는 환희다운 대답이었다. 그렇다고 환희가 엄청나게 적극적이고 씩씩한 친구겠거니 생각하면 오산이다. 환희는 절대로 먼저 말을 꺼내는 법이 없는 조용하고 수줍음 많은 친구다. 많은 말을 하지 않지만, 차곡차곡 아껴둔 생각들을 한 문장 한 문장 읊조리듯 말한다. 환희는 그 만의 속도와 방식으로 천천히 음미하듯 고등인턴이라는 새로운 도전에 스며들었다. 디지털 미디어에 대해서 더 배우고 싶어서 미국 대학 진학을 결심하고 준비하는 와중에 시작하게 된 고등인턴, 공부와 일을 병행하기가 절대 쉽지는 않았겠지만, 고등학자답게 그리고 환희답게 3개월의 시간을 채워갔다.

"3개월 동안 고등인턴으로 일하면서 다양한 일들을 했는데요. 주로 고등학자 페이스북 페이지를 승훈 님과 함께 맡아 운영하면서 이런저런 콘텐츠들을 만들어 올렸고요. 전직 '고등학자'답게 저만의 연구를 진행하면서 결과를 카드 뉴스로 만들기도 했어요. 고등학자 홈페이지와 유튜브 채널에 올라갈 연구 튜토리얼 동영상을 편집하기도 했고요. 전주의 트윈세대 친구들과 함께한 <내-일은 크리에이터> 파일럿 프로그램에서 촬영을 담당하기도 했어요."

환희가 좋아할 만한 일, 이전 경험을 좀 더 확장해 볼 만한 일을 해보도록 배움의 환경을 조성한 것도 있지만, 환희 역시 그 안에서 마음껏 자기 색깔을 드러내며 즐겼던 것 같다. 좋아하는 것과 하고 싶은 것이 분명한 환희는 일터에서도 그것을 무기 삼아 자신의 가능성을 이리저리 실험하며 펼쳐갔다. 미니 연구를 통해 스스로에 대해 더 깊게 파고들어 가 보기도 하고, 다양한 사람들과 함께하는 작업을 통해 좋아하는 일의 가능성을 확장해 보기도 했다.

"진저티에서 일하는 동안 처음 경험하게 된 일들이 많았지만, 그중에 가장 인상 깊었던 경험을 꼽자면 전주의 중학생들과 함께한 <내-일은 크리에이터> 활동이에요. 일단 태어나서 처음 '출장'이란 걸 가본 거고요. (웃음) 아이들이 창작하는 모습을 촬영하면서 질문하거나 도움이 필요하면 가끔 도와주기도 했는데요, 그게 생각보다 너무 재밌더라고요. 제가 워낙 콘텐츠 제작에 관심이 많아서 그런 것일 수도 있지만, 아이들이 웹툰이나 랩을 열심히 만드는 과정을 지켜보는 것만으로도 즐거웠고, 저도 덩달아 의욕이 막 생기는 기분이었어요. 제가 작업하는 게 아니라 다른 친구들이 작업하는 모습을 관찰하는 것도 생각보다 재밌더라고요."

"저는 영상 작업하는 게 제일 재밌어요. 어렸을 때도 레고나 스톱 모션 같은 것을 만들 때 너무 신났고요. 그런 작업은 이제 뭐 거의 제 일부 같고, 무언가 만드는 데서 기쁨을 많이 느끼는 것 같아요. 제가 만드는 것으로 말로는 다 표현하지 못하는 저를 보여주는 것 같아요. 그래서 앞으로 디지털 미디어를 좀 더 배워보고 싶어요. 디지털 디자인, 그래픽 디자인, 영상 편집 등 좀 더 온라인 플랫폼에 맞는 디자인 작업을 배우거든요. 제 진로와 관련해서, 진저티에서의 인턴십 경험도 도움이 된 것 같아요. 고등학자 할 때도 친구들과 '덕희ducky' 영상을 짧게 만들어 봤지만, '고등인턴'이라는 이름을 달고 작업하는 것은 제가 작업을 대하는 자세부터 좀 달랐던 것 같아요. 카드 뉴스나 동영상 작업, <내-일은 크리에이터>하면서 함께한 작업도요. 촬영하는 동시에 학생들 작업을 도우면서 '내가 진짜로 이 일을 좋아하는구나!' 간접 체험할 수 있었어요. 내가 하고 싶은 일을 중학생 버전으로 가볍게 경험해 본 것 같기도 하고요."

고등학자에 이어 고등인턴까지, 진저티의 '청소년 주도 경험' 2종 세트(?)를 연달아 함께한 환희에게 두 경험은 무엇이 달랐는지 물었다.

"달랐던 건, 고등학자는 팀이 있었잖아요. 근데 고등인턴은 진저티분들이 잘 챙겨주시긴 했지만 나름 독립적으로 제가 맡은 일들을 스스로 해야 해서 좀 더 책임감을 느끼고 열심을 냈던 것 같아요. 고등학자 때는 예지쌤과 친구들이 있으니까 확실히 회사에서 인턴으로 일하는 것보다는 의지할 곳도 있고 부담감이 좀 덜했어요. 함께하는 우리 팀과 으쌰으쌰 할 수도 할 수도 있었고. 고등인턴은 승훈 님이 있긴 했지만 함께 하면서도 또 자기 일을 해나가는 느낌이 강했던 것 같아요. 근데 그 경험도 되게 좋았던 것 같아요. 그전까지는 진짜 그런 경험을 해볼 기회가 없었기 때문에, 책임감에 대해서 많이 생각하게 됐던 것 같고요. 그래도 만약 인턴이 저 혼자만 있었다면 약간 움츠러들고 소심해졌을 것 같은데, 옆에 승훈 님이 있고 같이 했던 작업이 많아서 든든했어요. 독립적으로 일하는 법을 배우기도 했지만, 승훈 님이 옆에 있어서 서로 의지하고 힘낼 수 있었던 것 같아요. 같이 야근도 해보고요. 혼자였으면 어려웠을 것 같거든요."

홈스쿨링으로 배우고 자라는 동안 뭐든 혼자 하는 것이 익숙했을 환희에게, 다양한 사람들과 새로운 경험이 난무하는 고등인턴십은 분명 큰 용기가 필요한 낯선 도전이었을 것이다. 고등학자에서 맛본 '함께하는 방법'을 일터에서 제대로 부딪히고 배우며 스스로의 안전지대comfort zone을 넓힐 수 있게 되었다는 환희의 말은 그래서 더 크게 다가온다. 얼마 전 읽었던 일본의 교육철학자 우치다 타츠루의 〈완벽하지 않을 용기〉의 한 구절이 더 선명하게 이해되는 순간이다. 우치다 선생은

‘아이들은 갈등 속에서 성장하며, 그 때문에 아이들에게는 서로 다른 성숙 프로그램을 제공하는 다양한 어른이 있어야 한다’고 강조한다. 환희는 이미 빛나는 존재였지만, 낯선 환경 속에서 갈등하고 흔들리며 저만의 또렷한 빛깔을 찾아갔다.

“저는 원래 성격도 좀 내성적이지만 어렸을 때부터 홈스쿨링하며 자라서 그런지 혼자서 공부하고 노는 것에 익숙하기 때문에 단독적으로 행동하는 게 더 편했던 사람이에요. 그래서 여러 사람과 함께 작업하게 됐을 때 어떻게 해야 할지를 잘 몰랐어요. 그런 제가 3개월 동안 진저티에서 다양한 사람들과 어울려 일하고 지내면서 ‘함께 하는 방법’을 옆에서 보고 배우며 저 자신을 레벨 업Level-up을 할 수 있었어요. 고등인턴십 이후에도 일 뿐만이 아닌 사회생활을 하는 데 많이 도움이 됐고요.”

“저 자신에게 여러 가지 모습이 있다는 것을 깨닫게 된 기회였어요. 저는 개인적으로 잘 모르는 사람들을 만나는 데 불안감이 있어요. 그런데 진저티에서 지내는 동안 정말 다양한 사람들을 만나면서 대화를 나누고 심지어 프로젝트까지 함께 진행하게 되면서 어느 순간부터 제가 새로운 사람들을 만나는 걸 기대하고 있다는 것을 알게 됐어요. 고등인턴십으로 인해 저의 'comfort zone'을 넓힐 수 있게 된 것 같아서 기뻤어요. 새로운 사람을 만나는 것에 대한 두려움이 많이 없어지고, 오히려 기대하는 저의 새로운 모습을 발견하게 된 것 같아요. 물론 그 안에서 서툰 면도 발견하게 되고요. 회사에 있다 보니까 점심시간에 사람들과 같이 밥 먹는 것도 새롭고 좋았어요. 가끔은 피곤해서 혼자 먹을 때도 있긴 했지만요. (웃음) 그럴 때는 또 '나는 확실히 혼자만의 충전 시간이 필요하구나' 깨닫기도 하고요. 함께하고 싶은 마음도 있고, 혼자 있고 싶은 마음도 있구나. 그렇게 나에 대해서 확실히 알아가는 기회가 된 것 같아요. 어떤 걸 좋아하고 어떤 걸 어려워하는지에 대해서요. 나는 뭘 만드는 것을 정말 좋아하고, 프로그램 진행할 때 옆에서 돕는 것도 재밌어 하는구나 알게 되고요."

환희는 내가 아는 사람 중에 제일가는 '덕후'다. 한 마디로 '좋아하는 것을 대놓고 좋아하는 사람'이다. 환희의 덕질은 일터에서도 계속됐는데, 사실 내가 부추긴 면이 없지 않다. 덕질이 일이 되고 일이 덕질이 될 때 생기는 시너지를 동료인 진향 님을 통해 익히 잘 알고 있었기 때문이다. 그렇게 방탄 오빠들은 미니 연구 온라인 설문조사에 짤로 등장하기도 하고, 고등학자 리서치 튜토리얼 영상에 예시로 등장하기도 한다. 청소년을 위한 연구 가이드에 방탄을 등장시킨 것은 나다. 환희뿐 아니라 영상을 보게 될 청소년들이 연구에 대해 좀 더 이해하기 쉽도록, 연구 주제를 '방탄'으로 삼은 것이다. 연구가 뭐 별건가? 관심 있는 주제에 대해 파고 또 파면 그게 연구지. 덕질만한 연구가 없지 않나. 그 기회를 놓칠 리 없는 환희다. 튜토리얼 영상 4개 중에 환희가 편집한 두 번째 영상에는 환희의 색깔과 방탄 오빠들이 듬뿍 담겼다. 솔직히 다른 영상들과 비교하면 좀 튄다. 그렇지만 나는 그 다양성이 좋다. 아마 영상을 보는 청소년들도 똑같이 느낄 거다. '어, 이 영상은 좀 다르네?'하고. 환희에게 덕질과 일의 콜라보레이션 경험에 관해 물었다.

"제가 다른 회사에 가본 적은 없지만, 회사에서는 덕질한다는 걸 드러내면 안된다, 회사에서는 프로페셔널pro-fes-sional 해야 된다는 말을 들었는데, 진저티에서는 일단 진향님도 '프로덕후'시잖아요. 저 역시 제가 좋아하는 것이 제 모습이라고 생각해서 저를 presenting 할 때 그런 것까지 포함해야 한다고 생각하고 그러다 보니 일할 때도 그게 자연스럽게 나온 것 같아요. 좀 더 전문적이어야 된다가 아니라요. 그런데 또 그걸 다들 재밌어해 주시고 존중해 주시는 분위기여서 저 자신을 좀 더 적극적으로 표현했던 것 같아요. 이렇게 해야 내가 원하는 결과물이 나올 것 갈다는 생각도 했던 것 같고요."

'내가 좋아하는 것이 바로 나'라는 환희의 힘 있는 목소리가 참 좋다. 내가 좋아하는 것을 숨기지 않고 드러낼수록 더욱 나다워지니까. 무턱대고 자기 생각과 의견을 고집한다는 뜻이 아니다. 자기 색깔을 잃지 않으면서도 함께 어울리는 법을 고민할 수 있으면 좋겠다는 뜻이다. 환희가 자기 색깔을 충분히 드러낼 수 있었던 것은 안전한 실험실 안에서 좋아하고 잘하는 것을 마음껏 해볼 기회가 있었기 때문이라고 생각한다. 좋아하는 것에는 더 깊게 몰입해보고, 낯설고 어려운 것에는 조금씩 도전도 해보면서.

회고 인터뷰를 마치며 환희는 고등인턴십 경험을 '가지치기의 방법을 알게 된 시간'이라고 정의했다. 내가 좋아하는 것, 싫어하는 것을 알아가고 자기 나무를 스스로 다듬어본 시간이라고. 환희 나무의 선명한 빛깔이 그려지면서 문득 내 나무의 모습은 어떤 모습일까 떠올려보았다. 대답을 들은 것 같기도 질문을 받은 것 같기도 한 인상적인 대화였다.

> "고등인턴십은 저에게 '가지치기'하는 방법을 알려준 시간인 것 같아요. 내가 좋아하는 것, 싫어하는 것을 알아가고 저를 다듬을 수 있었던 시간이요. 처음으로 저라는 나무를 스스로 다듬었던 시간 같아요. 진짜 제 모습을 발견했던 일종의 자아 성찰의 시간 같기도 해요. 전에는 팀으로 작업하거나 부모님의 도움을 받아서 했는데, 인턴을 하면서 처음 혼자서 작업해봤고, 고민을 더 많이 하게 되고, 그러다 보니 자연스럽게 저에 대해서 더 깊게 들여다보게 됐어요. 여러 사람들과 함께 작업하면서 오히려 저를 더 알게 된 것 같아요."

환희는 다음에 올 틴턴들에게 가지치기의 구체적인 방법까지 친절히 알려준다.

> "조언이라고 하기에는 너무 당연할 것일 수도 있지만, 질문을 많이 하는 게 좋아요! 초반에는 제가 질문을 하면 다들 집중해서 일하고 계신데 방해할까봐 속으로 혼자

서 고민했던 기억이 있는데요, 막상 질문해보니까 다들 너무 친절하게 답변해주셔서 그 뒤로는 질문하는 두려움을 조금 떨쳐낼 수 있었던 것 같아요. 그러니까 마음속에 질문이 있다면 주저하지 마시고 물어보시면 좋겠어요! 질문을 많이 해야 하는 이유가 있는데요, 질문하지 않고 가만히 조용히 있으면 아무 일도 일어나지 않고, 때로는 일이 더 어려워지는 것 같아서예요. 제가 그렇게 느꼈거든요. 처음부터 질문을 한 번 더 했더라면 좋았을 텐데 싶더라고요."

나는 환희가 자신의 '나무'를 다듬으며 가지치기한 시간의 힘을 믿는다. 방탄복이 총알을 막아내는 것처럼, 살아가는 동안 힘들고 어려운 일들이 찾아올 때마다 단단하게 또 당당하게 자신을 지켜낼 수 있을 거라고, 앞으로 펼쳐질 청춘의 무수한 장면들을 자기답게 뛰어넘을 수 있을 거라고, 고등학자와 고등인턴 경험을 통해 누구보다 더 깊고 단단하게 자신에 대해 알게 된 환희는 충분히 그럴 수 있을 거라고 믿는다. 환희의 빛깔로 물들여진 아름드리나무를 상상해 본다.

'I'm diamond, you know I glow up. So let's go!'
-Dynamite, BTS

Story 9

지나고 나면
알게 되는 것들

미완성이어서 더 깊어진 경험, 박우제

고등인턴들과의 만남이 모두 다 만족스럽고 성공적이었던 것은 아니다. 아무리 경험치가 쌓여도 매번 '새로고침'하게 되는 것이 만남이니까. 진저티가 지나고 있는 계절이나 주변 환경, 각 사람의 개성의 합이 잘 맞느냐가 관건인데, 만남이 의미 있는 관계로 이어지고 발전하려면 타이밍이 정말 중요하다. 열 한 번의 만남을 떠올렸을 때 이 타이밍이 못내 아쉬웠던 만남이 있다.

우제와의 만남이 그랬다. 우제를 생각하면 '코로나19와 인턴십의 상관관계' 혹은 '비대면 인턴십의 효과성 측정' 같은 연구 주제가 떠오른다. 그만큼 아쉬웠다는 이야기다.

2020년 초, 전 세계가 갑작스럽게 마주한 코로나19 팬데믹과 재택근무는 고등인턴십에도 적잖은 타격을 주었다. 창기와 승훈의 제천간디학교 후배 우제는 2020년 2월 초 진저티에 합류했다. 우제가 인턴십을 시작한 지 1-2주쯤 지났을까? 사회적 거리 두기가 본격화되고 사무실 출근이 불가능해졌다. 우제는 이제 막 진저티를 알아가기 시작했고, 아직 업무다운 업무를 경험해 보지 못한 상태였다. '원격 학습'도 경험해보지 못한 우제에게 '원격 근무'는 엄청난 도전이었을 거다. 줌Zoom 회의에 접속하는 것만도 한참이 걸렸고, 그러다가 노트북이

고장 난 날에는 포기하고 싶은 마음이 들었을지도 모른다.

진저티는 워킹맘들이 창업한 회사라 설립 초기부터 재택근무와 원격근무 등 유연한 일의 방식을 적극적으로 시도하고 실험해왔다. 우리는 구글 드라이브와 슬랙 같은 온라인 협업 도구들을 활용해서 일해왔기 때문에, 팬데믹으로 인한 비대면 업무 수행 방식에 어렵지 않게 적응할 수 있었다. 서로의 업무 맥락을 이해하고 있고 신뢰가 쌓여있는 멤버들에게는 괜찮았을지 모를 이 상황이, 이제 막 진저티의 문화와 일의 세계로 진입한 우제에게는 무척 힘겹고 외로운 싸움이었겠다는 것을 한참이 지나고 나서야 제대로 이해할 수 있었다.

특히, '맥락' 부분에서 그렇다. 진저티가 팬데믹 구간에도 어려움 없이 업무를 이어갈 수 있었던 이유는, 원격 근무 방식에 익숙해서라기보다 끊임없이 대화하면서 서로의 맥락을 이해하고 공동의 맥락을 만들어가기 위해 노력했기 때문이다. 우제의 경우, 축적된 관계와 맥락이 없는 상태에서 재택근무라는 난관을 맞아 더더욱 업무의 흐름을 '이해'하고 '적응'하는 데 어려움을 겪었을 것이다.

사회학자 김찬호는 〈대면, 비대면, 외면〉에서 '눈으로 보는 행위'와 '맥락을 이해하는 능력'의 중요성을 강조한다. 그는

'관계 맺기와 소통이 생존의 주요 요소인 인간 세계에서, 눈으로 보는 행위는 결정적 위상을 갖는다'고 말한다.

> '대화는 함께 맥락을 창출하는 과정인데, 얼굴을 마주하고 이야기를 나눌 때는 의미의 장이 쉽게 생성되고 공감대도 잘 구축된다. 표정이나 억양만으로 중요한 메시지가 전달되기도 한다. 표현이 좀 부실해도 다른 사람이 질문이나 첨언으로 보완해주고, 단어가 정확하지 않아도 눈치껏 해석할 수 있다. 속된 표현으로, 개떡같이 말해도 찰떡같이 알아듣는 것이다. 반면에 글의 경우, 개떡같이 썼는데 찰떡같이 읽어내기 쉽지 않다. 실시간으로 공유하는 입체적 맥락이 없기 때문이다.'

김찬호는 인간의 소통에서 가장 중요한 것이 '맥락을 알아차리는 것'이라고 말하는데, 상대방이 말하는 단어와 문장의 의미를 아무리 정확하게 파악한다고 해도, 맥락을 놓치면 엉뚱한 해석에 이를 수 있기 때문이다. 안타깝게도 맥락은 지식으로 주입할 수 없고, 인터넷 검색도 불가능하다. 맥락을 이해하는 능력은 경험을 통해서 체득되는 직관이다. 그는 코로나19 팬데믹으로 다양한 타인과 상호 작용하고 관계 맺으며 소통할 기회를 잃어버린 아이들(코로나 세대)을 '맥락을 잃어버린 아이들'이라고 표현한다.

지난 3년간 전 세계 직장인들은 재택근무의 장단점을 몸소 체험했다. 출퇴근에 들어가는 시간과 에너지를 아낄 수 있고, 나만의 리듬으로 일할 수 있다는 장점이 있지만, 업무 집중도가 떨어지며, 대면을 통한 새로운 가능성의 발견이나 원활한 소통이 어렵고, 구성원의 고립감이나 신입사원 교육이 쉽지 않은 점 등의 어려움이 있다는 것을. 특히, 이제 막 일터에 발을 내디딘 신입사원에게 업무의 맥락을 이해시키고 공유하는 과정, 충분히 안전한 관계를 맺는 과정은 비대면으로는 한계가 있다는 것을 우리도 뼈아프게 경험했다.

한참의 시간이 흐른 뒤 우제와 인턴십 경험을 회고하면서 그때는 미처 다 알지 못했던 것들에 대해 솔직하고 깊은 대화를 나눌 수 있었다. 우제도 알고 있었다. 맥락이 중요했다는 것을. 그러면서 다음에 올 틴턴에게 꼭 해주고 싶은 이야기가 있다며, '자신을 돌아보고, 다른 사람들을 살피라'고 강조한다.

> "자신에게 뭐가 필요한지는 본인이 제일 잘 아니까, 자기 모습을 잘 돌아봐야 할 것 같아요. 저는 인턴십 할 때 저

에게 뭐가 필요하고 뭘 해야 하는지를 잘 몰랐던 것 같아요. 그래서 다음에 올 틴턴들에게는 스스로를 돌아보는 게 가장 필요하다고 말해주고 싶어요. 그리고 인턴십에 적응하는 기간 본인의 페이스를 다른 사람들과 어떻게 맞춰야 할지, 또 다른 분들의 페이스에 나를 어떻게 맞출 수 있을지 계속 살피고 고민해 보라고도 조언해 주고 싶어요. 적응하기 위해서는 나에 대해서도 잘 돌아보고, 다른 사람들이 어떤 페이스로 일하고 있는 지도 잘 관찰해야 하는 것 같아요. 주변을 잘 둘러보고 그 페이스에 적응하게 되면 성장에 가속도가 붙을 것 같아요. 그리고 본인의 페이스가 어디쯤 있는지를 잘 소통하는 것도 정말 중요한 것 같아요. 저는 인턴십 초반 코로나 때문에 재택근무를 하게 되면서 제 페이스나 진저티 분들의 페이스를 잘 모르기도 했고, 그걸 소통하는 것도 어려워서 제대로 못 했던 것 같아요."

그렇다고 우제에게 아쉬운 경험만 남아있는 것은 아니다. 인턴십을 한 달 남겨두고 '우제를 위해 보내주신 것이 아닐까?' 싶을 만큼 소중한 프로젝트를 만났다.

청소년이 원하는 경험과 공간을 청소년 스스로 만들어 가는 프로젝트였는데, 초기 기획을 우제와 함께 하면서 우제 역시 자신의 욕구를 깊게 들여다볼 수 있었다. 무엇보다 지역조사와 현장 인터뷰, 워크숍을 통해 또래 청소년들과 직접 만난 시간은 그동안 방 안에 갇혀있었던 우제를 생동감 넘치는 현장으로 꺼내주었다.

> "아무래도 TNT 프로젝트가 가장 기억에 남죠. 그전까지는 회사와 업무를 이해하기가 좀 어려웠던 것 같아요. 코로나도 컸고요. 근데 TNT 프로젝트 하면서는 시작부터 같이 맞춰가니까 뭔가 일이 재밌다고 느끼고 일에 대해서 다시 생각해 본 것 같아요. 함께 기획하기도 하고, 혼자 조사하러 가기도 하고, 또 함께 워크숍 준비하면서 하나의 프로젝트에서 여러 가지 역할을 맡을 수 있었던 것도 경험적으로 풍부해질 수 있었던 기회였어요."

프로젝트 초기, 참여하는 청소년들의 맥락을 이해하기 위해 우제에게 인근 지역조사를 부탁했다. 가벼운 리서치를 예상하고 부탁한 업무였는데, 오후 내내 현장을 다니며 조사해 온 것을 보고 놀랐다. 우제가 현장에 가서 직접 보고 느끼고 기록해오지 않았다면 몰랐을 그 지역 청소년들의 진짜 맥락을 확인할 수 있었다. 청소년 공간이 생길 부지를 중심으로 초중고등학교가 10개나 있지만, 청소년들이 쉬거나 놀만한 공간은 없다는 것, 한 블록만 벗어나면 건물마다 모텔이나 성인 노래방, 성인 PC방 같은 유해 시설이 많다는 것 등. 청소년의 관점에서 동선을 짜보고 직접 발로 뛰면서 조사한 우제의 성과였다. 지역 조사를 그렇게까지 열심히 할 수 있었던 이유와 하면서 느꼈던 것을 물어보지 않을 수 없었다.

> "그전에는 항상 불안감이 있었던 것 같아요. '내가 회사에 도움이 되는 게 맞나?' 말도 안 되는 질문이지만 생각하면 할수록 진짜 별로 도움이 안 되는 것 같다는 마음이 드니까 너무 힘들었어요. 특히, 코로나로 인해 재택근무하는 동안 다른 분들과 리듬도 잘 맞추지 못하는 것 같고 적응도 어려웠고요. 처음 맡았던 업무는 조직문화 워크숍 현장을 지원하고 기록하는 업무였고, 그다음 업무가 TNT 프로젝트였는데, 이번에는 뭔가 잘하고 싶고 제대로 하고 싶다는 마음에 더 열심히 했던 것 같아요. 근데 그렇게 해보니까 진짜로 더 풍부한 경험을 할 수 있었던 것 같아요."

도움이 되고 싶은 마음, 잘하고 싶은 마음. 이 마음들은 일터에서 우리가 가장 치열하게 씨름하는 마음이 아닐까. 우제도 마찬가지였다. 스스로는 어찌할 수 없는 커다란 변수와 한계 속에서. 도움이 안 되는 것 같고, 잘 못하는 것 같아 답답하고 속상한 마음들을 지나고 보니, 내가 어떤 시간을 뚫고 온 건지, 무엇을 배우고 성장했는지가 보인다.

> "진짜 사회에 나가보니까 제가 어떤 부분을 수정하고 보완해야 할지가 눈에 보이더라고요. 진저티분들 다들 너무 일 잘하시잖아요. 일 잘하시는 분들 사이에 있으니까 내가 어떤 부분이 부족한지가 확실히 보였던 것 같아요. 위축되기도 했지만 그게 오히려 이후의 제 성장에 속도를 붙여준 것 같아요. 힘들었지만 그때의 경험들이 저에게 남아 일상생활에서도 계속해서 활용하게 되더라고요. 그러면서 그 위에 또 다른 경험들이 계속 쌓이는 것 같아요. (특히 어떤 경험인가요?) '정리하는 능력'이요. 글로 제 생각을 정리하거나 회의 내용을 정리하거나 말로 리서치한 것을 정리해서 발표하는 능력이요. 글을 쓸 때도 이 글을 읽게 될 사람의 눈으로 제 글을 바라보고 쓰는 법을 배웠는데, 사실 그게 가장 기억에 남아요. (인턴십 회고회에서 그 부분에 대한 피드백이 컸죠?) 네. 그래

서 좀 더 기억에 남는 것 같아요. 그 피드백이 좀 아팠지만, 저에게 계속 남아서 배움으로 바뀐 것 같아요."

아픈 피드백이 배움으로 남았다. 상처 위에 새살이 돋듯이, 아프고 세게 부딪힌 경험이 우제의 연약한 부분을 단단하게 만들어준 것이다.

"솔직히 인턴 하기 전에도 저 스스로에 대해 돌아보고 말이나 글로 정리하는 것을 좀 어려워했던 것 같아요. 근데 인턴십 처음부터 마지막까지 그 훈련이 계속 이어졌잖아요. 그게 정말 어려웠어요. 너무 힘들었고요. 근데 학교를 졸업하면서 인턴십 경험을 다시 돌아보고 글로 쓸 기회가 있었는데, 이전보다는 나아진 저를 발견했어요. 확실히 진저티에서 글쓰기를 계속 배우고 연습하면서 많이 도움을 받은 것 같아요. 특히, 회의 내용을 타이핑하면서 핵심 내용을 정리하는 법이나 회의를 이끄시는 모습들을 봤던 게 지금 제 일상에 많이 참고가 돼요. 이제는 그때보다 타이핑하는 능력도 좀 나아졌는데, 그때 좀 더 잘할 걸 아쉬워요. 다시 하면 전보다 잘할 수 있을 것 같은데. (웃음)"

우제와 웃으면서 회고하기까지 한참 걸렸다. 우제가 힘들었던 만큼 나도 힘들었기 때문이다. 우제와의 만남을 생각하면 뭔가 미완성인 것 같고 실패한 것 같은 마음이 들어, 내내 불편했었다. 인턴십의 반은 코로나로 흘려보내고, 좋은 경험이 되겠다 싶은 프로젝트는 만나자마자 끝나버렸으니. 이 만남의 의미는 무엇이었을까 도무지 모르겠다는 마음만 남아 있었다. 그래서 진저티를 거쳐 간 인턴들과 인터뷰하기로 결심했을 때, 가장 먼저 떠올랐던 사람, 마지막까지 미루고 싶었던 사람이 우제였다. 그런데 웬걸. 다시 만난 우제는 이전과 다른 사람이었다. 아쉬웠고 아팠던 만큼 치열하게 회고하고 적용하면서 오히려 더 단단해진 그의 모습이 반가웠고 고마웠다.

> "요즘 부천의 한 청소년 공간에서 일하고 있어요. 여기 오는 청소년들과 함께 놀기도 하고요. (웃음) 추천받아서 일하기 시작했는데, 진저티에서 했던 TNT 프로젝트 경험이 정말 많이 도움이 됐어요. 이곳이 오픈한 지 얼마 안 됐는데요, 오픈하기 전에 여기 선생님들과 함께 준비할 때 TNT 프로젝트 생각이 많이 나더라고요. 그 경험을 되새기며 도움받았어요. 제가 생각보다 많이 배웠더라고요. (웃음) 오전에는 대학 입시 준비하고, 오후에는 일하

면서 지내고 있어요. 주은 님에게 따로 한 번 연락드릴까 했는데, 이렇게 이야기할 기회가 있어서 좋아요."

지나고 나면 알게 되는 것들이 있다. 폭풍의 한가운데 있을 때는 내가 얼마나 큰 폭풍 속에 있는지, 이 폭풍을 뚫고 지나간다는 것이 어떤 의미인지 다 알 수 없다. 폭풍이 지나고 나면, 그제서야 보인다. 폭풍 속의 나는 보잘것없고 연약한 존재였을지 몰라도, 폭풍을 지나온 나는 이전과 다른 존재라는 것을. 아쉬운 만남은 아쉬웠던 만큼 더 깊은 배움을 남겨주었다. 우제에게도 나에게도.

Story 10

엄마에게는 하지 못한 말

분명 좋은 어른이 될, David Oh

책 제목을 정하고 며칠 뒤, 대니얼과 데이빗 형제를 만났다. 두 가지 의미를 담아 '틴턴teen turn'이라 정했다고 하니, 데이빗이 흥분하며 말한다. "Oh, TURN has another meaning! 'My turn!' 할 때 그 turn이요!"

차례라니. 생각지 못한 의미인데 생각할수록 좋다. 청소년 인턴teen-tern, 청소년의 변화teens turn, 청소년의 차례teen's turn까지. 앞의 두 의미는 함께한 어른들이 읽어준 것이라면, 세 번째 의미는 틴턴 스스로 발견한 것이라 더욱 뜻깊다. 틴턴의 경험이 다채로웠던 만큼 틴턴의 의미도 점차 확장되지 않을까? 마지막 의미라 부르고 싶지 않은 이유는 그 때문이다. 청소년이 변화하고 성장하는 기회로서 '차례'라는 의미를 발견해 준 데이빗에게 그래서 더 고맙다.

데이빗은 뭘 물어보면 여러 가지 아이디어들을 죽 늘어놓기보다 정말 좋은 아이디어를 딱 하나 골라 자신 있게 말하는 친구다. 좋은 것을 빠르게 찾아내는 데이빗의 강점을 알게 된 것은 그와 함께 일하면서부터다.

데이빗은 형의 인턴십 과정을 지켜보다가 11학년 여름방학을 맞아 진저티에 합류했다. 대니얼과 마찬가지로 미국에서 태어나 자랐고 같은 국제학교에 다녔지만, 데이빗은 형과는 다른 강점을 가졌다. 대니얼이 성실한 모범생이라면, 데이빗은 감 좋은 전략가다. 분위기나 맥락을 빠르게 파악해서 적응하고, 유행에도 민감하다. (형보다 한국말을 잘한다) 문제 상황에 놓였을 때 침착하게 해결 방안을 생각해 낸다. 대니얼이 본질적인 것에 깊게 파고들어 핵심 가치를 뽑아내는데 탁월하다면, 데이빗은 구체적이고 효과적인 인사이트를 '재빠르게' 뽑아내는데 탁월하다. 두 사람을 어려서부터 보았고 안다고 생각했지만, 지인으로 알고 지낸 오랜 기간보다 일터에서 함께 보낸 2개월 남짓의 짧은 기간 동안 알게 된 것이 훨씬 많다.

아이들의 사회생활을 관찰하다 보면 새롭고 낯선 모습에 깜짝 놀랄 때가 있다. 집에서는 애교도 엄살도 많은 엄마 껌딱지 막내가 하원 후 놀이터에서 친구들을 진두지휘하는 골목대장으로 변신한 모습을 볼 때, '저 아이가 우리 아들이 맞나?' 싶다. 역할과 맥락에 따라 아이들이 보여주는 모습이 다른데, 그런 모습을 포착할 때면, 아이들을 둘러싼 상황의 중요성을 강조한 우치다 타츠루 선생의 말이 십분 이해된다. 우치다 선생에 의하면, 좋은 교사는 사람이 아니라 '상황'을 의미한다. 다양한 경험과 생각을 가진 다양한 사람들이 한 명의 아이와 마주하는 그 상황 자체가 바로 좋은 교사라는 의미다.

아이들이 집에서 보이는 모습과 학교에서 보이는 모습이 다른 것처럼, 일터에서 보이는 모습도 다르다. 일터에서는 집이나 학교에서보다 더 실제적인 과업들 (이를테면 실제 세상과 연결된 일, 누군가의 생계와 연결된 일)을 더 속도감 있고 책임감 있게 수행하다 보니 각 사람의 강점과 약점, 문제해결 방식이 더 극명하게 드러난다. 바꿔 말하면, 아이들이 집에서 배우는 것과 학교에서 배우는 것, 일터에서 배우는 것이 다를 수 있다는 의미다. 처음 해보는 경험, 집이나 학교에서는 만날 수 없는 다양한 어른들과의 만남은 아이들에게 좋은 교사가 되어 자기 모습을 더 또렷하게 보여주기도 하고, 자신을 바꾸어 새로운 모습으로 나아가도록 돕기도 한다.

만남은 대화를 통해 시작되는데, 진저티의 일상은 이 대화로 가득하다. 우리의 일 역시 대화에서 시작되고 발전되고 마무리되기 때문에, 대화는 우리에게 없어서는 안 되는 중요한 업무 툴tool이다. 구성원의 상태와 필요를 파악하는 데도 필수적이다. 서로의 맥락을 이해하지 않으면 업무도 제대로 이루어지지 않는다는 것을 알기 때문에 우리는 대화하고 또 대화한다.

고등인턴들과도 마찬가지다. 업무와 관련된 이야기부터 관심사와 일상까지, 많이 묻고 또 듣는다. 내 이야기도 많이 하는 편이다. 일에 대한 나의 고민뿐 아니라 일상적인 고민도 솔직하게 꺼낸다. 요즘 읽고 있는 책이나 즐겨보는 콘텐츠에 관해서도 이야기하고, 아들 키우는 어려움에 관해서도 이야기한다. 사소한 대화지만 나의 맥락을 나눔으로써 고등인턴들은 내가 어떤 사람이고 어떤 고민을 하고 어떤 가치를 갖고 사는지 엿볼 수 있다.

특히, 남자 고등인턴들은 내가 아들들을 키우면서 느끼는 고민을 털어놓을 때 '그건 제가 잘 알아요' 하면서 적극적으로 공감해 준다. 사춘기 아들의 변화나 게임, 스포츠 같은 관심사, 형제간의 갈등에 어떻게 개입해야 하는지, 어떤 환경을 만들어줘야 하는지 물어보면 자신들의 경험에 빗대어 실질적인 조언을 해준다. 이따금 '우리 엄마랑 정말 똑같은 말을 한다'고 퉁명스럽게 응수하면서도 어느 대목에서는 한 번쯤 엄마의 마음을 떠올렸으리라.

내 이야기를 나누다 보면 고등인턴들도 자기 이야기를 꺼내기 시작한다. 가족들에게는 한 번도 말하지 못한 솔직한 감정과 고민을 털어놓기도 한다. 나는 이것이 내 역할 중에 가장 중요한 역할이라고 생각한다. 부모님이나 선생님에게는 쉽게 꺼낼 수 없는 이야기들을 안전하게 나눌 수 있는 어른의 존재가 이들에게 너무 필요하기 때문이다.

대니얼과 데이빗의 엄마에게 일터에서 새롭게 발견한 형제의 모습을 들려주면, '어머, 걔가 그랬니?' 하고 깜짝 놀란다. 그런 반응을 보면 나도 놀랍다. 엄마가 아는 모습이 전부가 아니구나. 엄마에게 하지 못하는 말이 있구나. 생각해 보면 나도 그랬다. 부모님에게는 속마음을 꺼내기가 왠지 쑥스러웠다. 그 이유가 뭘까 한 번은 데이빗과 진지하게 대화를 나눴다. 부모님께는 하지 못하는 이야기를 진저티의 어른들에게는 할 수 있었던 이유가 무엇인지.

> "객관적인 오피니언을 듣고 싶어서인 것 같아요. 진저티의 어른들은 객관적으로 피드백해 주시는 것 같아서요. 감정이 폭발할 것 같은 이야기, 너무 한 사람의 의견만 도드라지는 이야기가 아니라요. 제가 부모님 특히 엄마 앞에서는 감정을 배제하기가 어렵고 떠오르는 생각을 그대로 말하곤 하는데, 그건 제 생각이나 감정을 정리하지 않고 말하니까 그런 것 같아요. 그러다 보니 저도 부모님께 진지한 이야기를 꺼내기가 어렵고 부모님도 저를 객

관적으로 보시기가 어려운 것 같아요. 솔직히 엄마 아빠한테 속 이야기 꺼내기가 힘들잖아요. 특히 진지한 이야기요. 그런데 진저티는 항상 함께 회고하고, 회고한 것을 정리해서 말할 기회가 있잖아요. 집에서는 '엄마, 나 할 이야기가 있어.' 하고 그 한마디를 꺼내기가 좀 어색하고 어려운 것 같아요."

아무리 훌륭한 부모라도 자식에게는 객관적이기 어렵다. 아이들이 어릴 때는 언제든 내 편이 되어줄 (주관적인) 부모의 공감이 필요하기도 하고. 청소년에게 제3의 어른이 필요한 이유도 그 때문이다. 청소년에게는 부모나 교사 외에 느슨하게 연결되어 이들을 객관적으로 읽어주고 그 경험을 확장해 줄 다양한 어른이 필요하다.

줄리아 피셔Julia F. Fisher는 〈Who You Know: Unlocking Innovations That Expand Students' Networks〉에서 청소년의 삶에서 제3의 어른들과 맺는 '관계의 힘'이 얼마나 큰 역할을 하는지 설명한다. 미래 사회로 갈수록 '무엇을 아는가what you know'보다 '누구를 아는가who you know'가 청소년이 자기 삶을 개척하는 데 훨씬 더 도움이 된다는 것이다. 특히, 청소년을 둘러싼 관계를 '강한 관계Strong Tie'와 '약한 관계Weak Tie'로 나누어 설명하고 있는데, 강한 관계는 가족이나 담임 교사, 친한 친구 등 청소년을 보호하고 청소년의 발달에 중요한 역할을 하는 소수의 관계를 말한다. 반면, 약한 관계는 지인이나 이웃 등 청소년에게 새롭고 다양한 경험을 제공할 수 있는 느슨한 관계를 말하며 그 숫자도 무한대로 확장될 수 있다. 약한 관계는 강한 관계만큼 끈끈하게 엮여있거나 자주 만나지 않기 때문에 오히려 마음을 나누기에 안전하고, 새롭고 다양한 경험을 줄 수 있는 확률이 높으며, 청소년이 자신의 관심사에 더 깊게 들어갈 기회를 제공한다.

실제로 인턴십을 통해 '사람', '관계', 그리고 '사람을 성장시키는 환경'에 대한 경험과 생각이 새롭게 열렸다는 데이빗은 현재 미국 대학에서 관련 전공을 공부하고 있다.

> "청소년 도서관 프로젝트 워크숍이 가장 기억에 남아요. 제 또래 친구들과 이야기도 해보고, 워크숍 후에 함께 회고하는 과정도 인상 깊었어요. 워크숍에서 만난 친구들을 떠올리며 결과보고서에 넣을 페르소나 분석을 함께 했는데 정말 재밌었어요. 나는 저 중에 어떤 페르소나일까도 생각해 보고요. 그 친구들을 깊게 관찰하고 분석하

면서 나에 대해 그리고 내가 자란 환경에 대해 다시 생각해본 계기도 됐어요. 부모님께 새삼 감사하게 되었고요."

"제 전공이 Human and Organizational Development인데요, 이 전공을 정하는 데 진저티에서의 경험이 도움 됐어요. 전공에서 배우는 내용이 진저티에서 경험한 것과 되게 비슷하거든요. 진저티에서 인턴십 할 때 이 부분이 제일 재밌었어서 이걸 전공 해봐도 나쁘지 않겠구나라는 생각이 들었어요. 제 꿈은 사업을 하는 건데, 나중에 사업을 하게 되더라도 사람들을 빌딩building 하는 게 정말 중요하겠구나를 진저티에서 일하면서 느끼기도 했고요."

인턴십을 통해 자기 자신과 세상에 대해 새롭게 발견하게 된 것, 배운 것이 무엇인지 물었을 때, 데이빗은 한 치의 망설임 없이 '협업' 그리고 '안전한 환경'의 중요성을 꼽았다. 아직 스무 살도 채 안 됐는데 벌써 조직 운영의 핵심 원리를 간파하고 있다니 놀라울 따름이다.

"Collaboration협업의 중요성을 느꼈어요. 저는 늘 공부는 혼자 하는 거라고 생각했거든요. 특히 productive한결과물을 만들어내는 일은 진짜 혼자 하는 거라는 마인드 셋이 있어서 조별 과제를 항상 귀찮아했는데, 진저티에서 일하면서는 다른 사람들과 계속 소통하면서 함께 만들어 가는 일들을 경험하다 보니 collaboration이란 것이 이런 거구나, 그래서 중요하다는 것을 배웠어요."

"진저티 어른들이 서로를 응원하고 챙겨주는 게 인상 깊었어요. 제가 다니는 국제학교 아이들은 굉장히 경쟁적이라 저에게 약간 toxic environment유해 환경라는 생각이 들 때가 있거든요, 진저티의 어른들은 잘했을 때는 진심으로 칭찬해 주고, 힘들 때는 진심으로 위로해 주는 모습이 좋았어요. 제 친구가 아이비리그 대학에 합격했는데 떨어진 다른 친구가 합격한 친구 욕을 하고 다니는 모습을 보면서 마음이 너무 힘들더라고요. 서로 헐뜯고 나쁜 소문 퍼뜨리고... 그런 게 저에게 좀 힘들었는데, 진저티의 어른들은 서로가 안전하게 성장할 수 있는 환경을 만들어 주는 사람들인 것 같고, 그런 어른들을 곁에서 볼 수 있었던 게 좋았어요."

"학교에서는 늘 긴장하게 되고 잡아먹고 먹히는 느낌이

들었는데, 진저티는 편안했어요. 여기는 안전하다고 느꼈어요."

입시를 향한 과도한 경쟁 속에서 마음이 상하고 있다는 걸 아이들도 다 느끼고 있구나, 아이들의 위태로운 마음이 무너지지 않도록 '괜찮아, 안전해'라고 안심시켜 주는 환경이 필요하구나, 내 마음 한쪽이 저릿하고 아파왔다.

고등인턴십을 한마디로 요약해달라는 마지막 질문에 '방향을 잡다'라고 자신 있게 대답하는 데이빗을 보면서 나는 깊이 안도할 수 있었다.

"나는 어떤 어른이 되고 싶은지 생각하게 된 계기가 됐어요. 진저티에서 일하는 어른들을 보면서 제가 나중에 어떤 일을 하게 될지 진지하게 고민하게 된 것 같아요. 어른이 된다는 게 그리고 일을 한다는 게 엄청나게 멀리 있는 게 아니구나, 인턴을 하면서 나중에 내가 취직을 하게 되면 어떨지를 생각하게 됐어요. 나는 일을 통해 다른 사람들에게 어떤 영향을 미칠 수 있을까도요. 전에는 일은 그냥 당연히 해야 하는 거라 생각했고, 나의 행복은 일이 아닌 취미에서 나온다고 생각했는데, 일도 즐기면서 할 수 있다는 것을 진저티 어른들을 보면서 생각하게 된 것 같아요. '일인데 일을 어떻게 좋아하지?' 그게 참 궁금했는데 힘들고 어려운 일이어도 즐길 수 있다는 걸 직접 봤던 것 같아요."

데이빗과의 인터뷰를 찬찬히 다시 읽어 내려가는데 모든 문장이 '나는 좋은 어른이 되고 싶어요' 라고 말하는 것 같다. 그 목소리에 이렇게 말해주고 싶다. 좋은 어른이 되기를 바라고 고민하는 너는 분명 그런 어른이 될 거라고. 아니 이미 그런 어른이라고. 이제 네가 누군가에게 좋은 어른이 되어줄 차례라고.

Story 11

어른이 되기 전에 배워야하는 것

더 이상 도전이 두렵지 않은, 장하늘

개인과 조직의 건강한 변화를 위한 실험실에서 일하다 보니 내가 가장 많은 시간과 정성을 쏟는 일은 누군가의 '변화와 성숙'을 고민하는 일이다. 그 누군가는 내 동료들이기도 하고, 우리의 일에 함께하는 참여자들이기도 하고, 아직 만나지 못한 미래 세대이기도 하다. 고민을 이어가다 보면 결국 내가 먼저 변화하고 성숙해야 한다는 전제에 부딪히기도 한다. 인간은 어떻게 변화하고 성숙할까? 어쩌면 나는 매일 이 질문과 씨름하며 사는지도 모르겠다.

최근 몇 년간 사회 곳곳에서 의미 있는 변화를 만들어 내는 혁신가들을 인터뷰할 기회가 있었다. 그들과의 만남 그 자체만으로도 굉장한 배움의 기회였는데, 50명 가까이 되는 사회혁신가들의 인생(성장) 곡선을 몇 해에 걸쳐 반복적으로 들여다보면서 확실하게 깨닫게 된 것이 있다. 사람은 일생에 딱 한 번 성장하고 마는 존재가 아니라, 계속해서 성숙해 가는 존재라는 것, 그리고 그 변화와 성숙의 계기는 때때로 우연한 만남 혹은 무모한 도전과 같은 인생 경험을 통해 이루어진다는 것이다.

그렇다면 청소년이 어른으로 성숙해 가는 과정에서 반드시 경험해야 하는 것은 무엇일까?

인턴들과 지난 7년간 함께 부딪히고 흔들리며 보낸 시간을 통해 건강한 어른으로 성숙해 가기 위해서는 최소한 두 가지 경험이 필요하다는 것을 확신하게 되었다. 하나는 존중받고 신뢰받는 경험인데, 이 경험을 통해 청소년들은 아무리 어려운 상황이라도 다시 부딪히고 일어설 수 있는 자신감과 회복탄력성을 키울 수 있다. 다른 하나는, 스스로 선택하고 끝까지 책임지는 경험이다. 이 경험은 청소년들이 성취감을 느끼게 하고 주인의식을 기르게 하여 이다음에 하게 될 경험을 그 전과는 다른 태도로 접근하게 한다. 이러한 경험들은 청소년이 어른으로 변화하고 성숙해 가는 과정에서 중요한 '토대foundation'가 된다. 나에게 이런 경험들이 인생의 중요한 '파운데이션'이 되었다고 말해 준 사람은 하늘이다.

하늘이는 오랜 지인의 딸인데 내가 페이스북에 올린 고등 인턴십에 대한 글을 계기로 진저티와 인연이 닿았다. 선교사 자녀missionary kids로 태어나 자라면서 열일곱 살이 될 때까지 한 번도 공교육 시스템에 속해본 적 없었던 홈스쿨러였다. 엄마의 소개로 인턴십을 시작하게 되었지만, 인류학과 교육학에 관심 있었던 하늘이의 배우고자 하는 열정과 태도는 남달랐다. 한 번은 워크숍 준비를 위한 회의 중에 급하게 준비물 구입을 부탁했는데, 도저히 이 시간 안에 다녀왔다는 게 믿기지 않을 만큼 금방 돌아와서 우리를 깜짝 놀라게 했다. 나중에 물어보니, 함께 나누는 대화를 한 마디도 놓치고 싶지 않아서 뛰어갔다 왔단다. 인턴십 막바지에는 학생-교사와 함께 미래 학교를 상상하는 워크숍에서 소그룹 퍼실리테이터를 맡게 되었다. 처음 해보는 중요한 역할이라 긴장도 되고 어려웠겠지만, 새로운 역할에 도전해 보고 스스로 해낸 경험이 뿌듯했다고 말한다.

> "가장 뿌듯했던 경험은 이천양정여고 시간여행자 프로젝트의 미래 학교 상상 워크숍에서 소그룹의 퍼실리테이터로 대화를 이끌어 본 경험이에요. 새로운 사람들과 만나고 대화를 이끌어가는 게 힘들지는 않았는데, 시간이 정말 빠르게 훅 지나가서 제가 어떤 감정으로 진행했는지 잘 기억이 안 나요. 그게 좀 아쉽지만 그래도 퍼실리테이터라는 역할을 처음 해보면서 어떤 이야기를 먼저 꺼내고 어떤 방향으로 이끌어야 대화가 잘 진행될지, 또 이 대화에서 어떤 키워드가 뽑힐지 직접 진행을 해본 거라 정말 뿌듯하고 성취감이 들었어요. 전체 워크숍이 잘 진행되도록 도왔던 경험이라 더 뿌듯해요. 그 성취에서

느꼈던 것은 '도전을 두려워하지 않는 마음'인 것 같아요. 새로운 환경과 사람들 속에서 실수할까 봐 두려워하지 않고 일단 도전해 본 거요. 그 배움이 지금 다니는 학교생활에도 많은 영향을 미치고 있는 것 같아요."

스스로 주도해 본 경험은 하늘이에게 도전을 두려워하지 않는 마음, 자신감을 회복시켜 주었다.

"저는 원래 제가 내향적인 사람이라고 생각했었는데, 환경에 따라 외향적인 사람으로 바뀔 수도 있다는 것을 알게 됐어요. 원래도 적극적인 면이 있긴 한데, 진저티에서 일하면서 더 적극적이 된 것 같아요. 뭐가 저를 그렇게 만들었냐고 물으신다면, 분위기? 누가 시키는 일이 아니고 각자 자기가 맡은 일에 대해서 책임감을 갖고 일하는 분위기 때문인 것 같아요. 그런 분위기를 보면서 나도 맡겨주신 일에 좀 더 적극적으로 책임감을 가져야겠다고 생각했던 것 같고요."

누가 시켜서 하는 일이 아니라 내가 맡은 일에 대한 책임감에서 비롯된 주도성, 나를 믿어주고 맡겨주는 어른들로부터 경험하는 존중과 신뢰, 이 경험들이 합쳐지면 사람이 바뀌기도 한다.

덴마크의 교사들을 인터뷰하여 엮은 책 〈삶을 위한 수업〉에서 한 교사가 '젊은 어른'이라는 개념을 소개한다. 교사가 학생을 대할 때 '젊은 어른'으로 바라봐야 한다는 것이다. 학생도 자기 의견을 가질 권리가 있고 충분히 스스로를 돌볼 수 있는 '젊은 어른'이라는 이야기에 나는 깊이 공감한다.

> "나는 교사들이 학생들을 대할 때 그들을 '젊은 어른'으로 바라봐야 한다고 생각합니다. 학생들은 자기 의견을 가질 권리가 있고 스스로를 돌볼 수 있는 '젊은 어른'이에요. 우리 교사들은 학생이 예의를 지키며 자기 나름의 주장을 펼칠 때 당연히 존중해야 합니다. 한 명의 시민으로 대접하며 존중해야죠. 그래야 우리 학생들도 한국이나 중국, 미국 등 다른 나라에 가서 그 나라의 시민들을 존중하지 않겠습니까?"

존중받고 신뢰받은 경험은 존중하는 어른, 신뢰로운 어른을 길러낸다. 진저티 구성원들은 평균 10~15세 이상 나이 차이 나는 조카벨의 고등인턴들에게도 예외 없이 존칭을 사용한다. 일 경험이나 업무 역량이 아직 여물지 않은 고등학생의 의견이라도 존중하며, 그들이 한 사람의 구성원으로서 자신의 목소리를 내고 또 책임질 수 있도록 돕는다. 특히, 청소년 주도 프로젝트에서 고등인턴의 의견은 더욱 적극적으로 발현되고 반영된다. 어른들은 도무지 이해할 수 없는 청소년의 당사자성이 있기 때문이다. 고등인턴들 역시 이 경험을 무척 좋아하고 뿌듯해한다. 자신이 프로젝트에 그리고 또래 청소년에게 기여하고 있다고 느끼기 때문이다. '내 의견이 쓸모가 있구나', '내가 회사에 그리고 사회에 기여하고 있구나' 존재감을 느낀다.

나는 고등인턴들에게 하나부터 열까지 자세하게 업무를 지시하거나 알려주지 않는다. 처음 만났을 때 충분히 대화하고 관찰하면서 어떤 주제에 흥미가 있고 어떤 경험을 해왔고 어떤 업무를 해보고 싶은지 확인하고, 프로젝트를 시작하는 단계에서 일의 전체 맥락이나 필요한 역할들을 나누긴 하지만 어느 정도 공감이 일어났고 스스로 해볼 수 있겠다는 것이 확인되면 조금 힘든 업무도 스스로 부딪혀 보도록 맡기는 편이다. 충분한 지식을 갖춰야지만 어떤 역할을 잘 해낼 수 있다고 생각하지 않는다. 오히려 직접 부딪혀보고 스스로 해결책을 찾아보면서 먼저 경험하게 하고, 다 경험한 후에 깊게 회고하면서 어떤 경험을 했고 무엇을 배웠는지를 구체화하는 방식으로 '경험을 설계한다experience design'. 무슨 일이 일어날지 예측할 수 없고 그래서 무척 느슨해 보이지만 사실은 되게 수고스럽고 실험적인 직무교육OJT: on the job trainigng 방식이다. 한 사람 한 사람을 깊게 관찰하고, 관찰한 것을 반영하여 개별 맞춤된 일 경험 환경을 조성해야하는 노력이 깃들기 때문이다.

한편, 하늘이와의 인턴십 회고에서 가장 인상적이었던 것은 어른들에 대한 이야기였다. 인턴십을 통해 만난 어른들이 한 사람의 구성원으로 동등하게 대해주고, 자유롭게 질문하고 또 발언할 기회를 준 것이 놀라웠고 또 너무 좋았다고 말하는 하늘이에게 나는 왠지 미안한 마음이 들었다.

> "그렇게 좋은 어른들을 만난 건 정말 처음이었어요. 무엇보다 고등학생이라고 '하지 마', '안돼' 하시지 않고 동등한 일원으로 대해 주시는 것이 너무 좋았어요. 선교지에 있으면 단기 팀으로 오는 언니, 오빠들을 많이 만나거든요. 서로에 대한 이야기를 나누는 시간이 많은데, 그런 이야기들이 저는 너무 궁금하니까 듣고 싶고 질문하고 싶고 그랬거든요. 저도 대화에 끼고 싶었는데 어른들이 '안

돼'하시면서 저를 어리게만 보셔서 속상했어요. 그런데 인턴 하면서는 저도 동등하게 대화할 수 있고 또 어려운 일도 믿고 맡겨 주시니까 그게 정말 좋았어요. 이천양정여고 선생님들도 저를 학생처럼 대하실 수 있는데 한 사람의 파트너로 동등하게 대해주셔서 정말 감사했어요."

"고등인턴이니까 '너는 이렇게 해'가 아니고 프로젝트의 똑같은 일원으로 '이번에는 우리 이렇게 한 번 해볼까?' 라고 해주시니까, 부족하지만 매 순간 제가 어떤 역할을 하게 되고 또 뭔가 배우게 되고 그러다 보니까 새로운 경험을 해보고 새로운 사람들을 만나는 데 자신감이 생긴 것 같아요. 저를 그렇게 대해주시니까 저도 '나는 고등인턴이니까 여기까지만 하면 되겠지'라는 생각하지 않으려고 더 노력했던 것 같아요."

"인턴십을 하면서 만났던 어른들 한 명 한 명 다 기억에 남지만, 특히 시간여행자 프로젝트를 함께한 네 분이 기억에 남아요. 각자 자신의 장점을 가지고 그것을 프로젝트에서 발휘하시는 모습들이 너무 대단해 보였어요. 주은 님은 우리팀뿐 아니라 파트너의 장점도 잘 이끌어내

융합하시면서 일이 되도록 하시는 게 대단하다고 느꼈고요, 진향 님은 되게 꼼꼼하시고 맡은 일의 디테일을 챙기시는 게 대단하다고 느껴졌어요. 제가 그런 걸 잘 못 챙기거든요. '이 정도면 되겠지' 할 때가 많은데, 진향 님에게서 그런 부분을 많이 배웠어요. 하늬 님은 '사람이 되게 인류학적이다?' 저에게 질문을 많이 던지셨어요. 제가 어떻게 살아왔고, 어떻게 이런 꿈을 갖게 됐는지? '사람에 대한 호기심이 많은 분이구나' 느꼈어요. 승훈 님은 정말 일을 잘하시는 것 같아요. 인터뷰 진행도 그렇고 기록 정리도 그렇고 어느 것 하나 빠뜨리지 않고 척척 해내시는 것 같아요. 주은 님이 각 사람의 이런 장점들이 잘 녹아들게 전체를 보시면서 관리(?)하고 계신다는 느낌이 들었어요. (웃음) (짧은 시간 동안 각 사람의 특징을 주의 깊게 관찰하고 있었군요!) 관찰하려고 노력한 건 아닌데, 같이 일하다 보니까 자연스럽게 알게 된 것 같아요."

놀라웠다. 어른들의 말과 행동, 특징까지 다 보고 듣고 느끼고 있었구나! 나를 존중해 주는 어른을 만났을 때 그것이 쉽지 않은 일임을 깨달아 진심으로 감사하고, 각 사람은 어떤 강점을 가졌는지 그 강점들이 모여서 어떻게 일이 되도록 만드는지, 자신이 배우고, 개선해야 할 점은 무엇인지까지 정확히 알고 있었다.

나이는 어려도 속이 꽉 찬 '젊은 어른들'이 우리 곁에 있다. 어려워도 부딪혀 보는 용기, 맡은 일은 끝까지 해내는 책임감, 타인의 친절을 당연하지 않게 감사히 여기는 태도, 무엇보다 겸손하게 배우며 계속해서 성숙해 가는 마인드 셋을 지닌 사람이 진짜 어른 아닌가!

'자율과 책임'을 중요하게 생각하는 진저티의 일하는 방식은 때로 버겁게 느껴지기도 하지만 고등인턴들을 포함한 젊은 어른들의 변화와 성숙을 돕는 중요한 기폭제가 되기도 한다. 우리는 개인의 강점이나 관심사에 따라 참여할 프로젝트를 결정하고 그 안에서의 역할을 논의하고 또 고민하면서 매 순간 '자율과 책임'을 선택하고 또 연습한다. 고등인턴이라고 다르지 않은데, 주로 청소년 프로젝트에 참여하지만, 그 안에서 어디까지 해보고 싶은지 또 해낼 수 있는지는 스스로 선택하고 결정한다. 예를 들어, 인터뷰에서 기록을 맡게 된다면, 어떻게 기록하고 어디까지 기록해야 하는 지는 정해져 있지만, 기록한 내용이 가장 효과적으로 전달되도록 정리하고 공유하는 방식은 각자의 자율에 맡긴다. '자유롭지만 책임감 있게'가 작동

하는 순간이다.

시간여행자 프로젝트에서 인터뷰 기록을 맡은 승훈이와 하늘이는 각자 자기만의 스타일로 인터뷰 기록을 정리했다. 기록 업무를 맡길 때 발화되는 모든 내용을 녹음하고 전사transcript하도록 요청하는데, 전사된 내용을 정리하는 방식에는 각 사람의 개성이 담긴다. 추가 수정이 필요 없을 만큼 완벽하게 문장을 다듬어 낸 '완벽파' 승훈이의 기록과 문장은 좀 덜 다듬어졌어도 각 사람의 이야기에서 핵심적인 내용을 해시태그로 달아놓은 '핵심파' 하늘이의 기록은 업무 속에서 구성원의 개성과 자율성이 어떻게 드러나는지를 보여준다. (기록의 형식이 통일되면 더 좋겠지만, 처음 기록 작업을 할 때는 좀 더 자유롭게 해보도록 한다.) 기록 작업을 완성하고 난 후, 서로의 기록을 꼼꼼히 살피며 각각의 장단점을 파악하도록 읽어주는 것은 나의 몫이다. 다음번에는 둘의 기록이 합쳐지면 좋겠다고 피드백해 주었더니 기록 역량이 한 층 더 업그레이드된 것은 덤이다! 진짜 배움은 경험 그 이후에 완성된다. 이것이 자율과 책임을 내재화시키는 '회고'의 힘이다.

어려운 임무를 수행하고 나면 충분히 회고하게 하는 것이 그 이유다. 무엇이 어려웠고, 왜 어려웠는지, 그렇지만 어떤 노력을 기울였고, 그 과정에서 무엇을 배웠는지 질문한다. '어땠어요? 그래서 어땠어요?' 경험을 구체화하도록 끈질기게 물으며 스스로 회고하게 하면, 다음번에 또 그 일을 할 때는 좀 더 고민하고 준비하게 되는, 성장한 자신을 만날 수 있기 때문이다. 회고의 힘은, 고등인턴들의 성장을 돕는 가장 강력한 도구이다.

> "어떤 업무를 마쳤을 때 그냥 '좋았다'고 하면 그 업무만 기억에 남을 텐데, 그 순간에 딱 '하늘님은 어땠어요? 뭐가 좋았어요?'라고 물어봐 주시니까, '저는 이런 게 좋았고, 이런 걸 배웠어요'라고 말하면서 스스로 정리가 되고 그 일의 의미를 한 번 더 생각해 보게 되니까, 진짜로 그 일이 왜 좋았는지를 그 순간에 깨닫게 됐던 것 같아요. 그 전에는 '회고'라는 걸 제대로 해본 적이 없었어요. 하루를 마치면서 오늘 하루 어땠지 잠깐 생각하거나 엄마에게 감정을 이야기하는 정도였는데, 생각하는 것과 그것을 말로 표현하는 것은 확실히 다른 것 같아요."
>
> "진저티에서는 모든 업무를 마치면 꼭 어땠는지 회고하잖아요. 그 질문에 대답할 수 있으려면 저희가 한 업무뿐

아니라 저 자신을 돌아봐야 하는 것 같아요. 너무 업무에 몰입하고 있으면 그때 할 수 있는 말이 없더라고요. 업무와 나 사이의 감정을 잘 봐야할 것 같아요. '열심히 해야지', '틀리면 어떡하지!' 이렇게 긴장하면서 업무를 하기보다 '어떤 걸 배우고 뭐가 성장했는지'도 볼 수 있으면 좋겠어요. 제 생각엔 회고가 모든 업무 중에 제일 클라이맥스인 것 같아요. 그렇다고 회고가 힘들지는 않았고 좋았어요. 개인적으로 전에는 발표가 떨리고 긴장되던 사람인데, 진저티에서 제 생각을 정리해서 말하는 것을 많이 연습하게 되면서 안 떨리게 된 것 같아요. 지금 학교에서 수업이 거의 다 발표인데 엄청나게 도움이 됐거든요."

페터 비에리는 〈자기 결정〉에서 '경험한 것을 정확한 언어로 표현하는 과정'에 대해 다음과 같이 설명한다.

> '스스로에게 묻는다는 것, 스스로를 이해한다는 것, 변화한다는 것, 이것들은 과연 정확하게 무엇을 의미하는 걸까요? 이는 '말'과 큰 관계가 있습니다. 우리가 생각하고 경험하는 것들에 대한 정확한 '말'을 찾아내는 것입니다… 언어로 표현하고 만들어 가는 과정을 통해 혼

란스러운 느낌은 감정적 확신으로 변화합니다. 경험을 나타내는 우리의 언어가 세분화될 수록 경험 자체도 세분화된다고 할 수 있겠지요.'

한 달 남짓한 인턴십 기간 하늘이는 모든 경험을 스펀지처럼 흡수하고 소화하면서 성장했다. 무엇이 하늘이의 변화와 성장을 도왔을까? 존중받고 신뢰받는 경험, 스스로 선택하고 책임지는 경험을 이끈 견인차는 '하고 싶어서'라는 자발적 동기, '하나도 놓치고 싶지 않은' 태도였을 것이다.

"원래는 도전하는 걸 두려워하는 사람이 아니었는데, 최근 몇 년간 계속해서 뭔가 성취하지 못하는 것 같고 실패만 하는 것 같아서 자존감이 좀 낮아져 있었어요. 그러면서 뭔가 새롭게 시작하는 걸 두려워하게 됐었는데, 진저티에서 고등인턴 하면서 자신감을 회복하게 되었고 도전하는 마음이 더 커진 것 같아요. 그러다가 이번에 학교에 가게 됐는데, 친구들이 '너 홈스쿨 한 애 같지 않아! 너 학교 다녔던 애 같아!'라고 피드백해 주는 걸 들으면서 신기했어요. 진저티에서 새로운 사람들과 만나고 대화하는 법, 새로운 일에 도전하는 마음 등 살아가는데 필요한 파운데이션Foundation을 배운 것 같아요. 물론 진저티에서 배운 것이 다는 아니지만 진저티의 영향이 컸다고 생각해요. 선교지에서 살면서도 새로운 자극이나 만남은 많았지만, 그 때는 그런 게 조금 힘들기도 했거든요. 근데 진저티에서는 새로운 사람들을 만나거나 새로운 일을 해보는 게 즐겁고 재밌었어요. 아마 제가 하고 싶어서 하게 된 거라 더 그랬던 것 같아요."

인턴십 기간에 미네르바 스쿨 고등학교 과정Minerva Baccalaureate, GIA에 입학하게 된 하늘이는 인턴십의 반을 학교생활과 병행해야 했다. 학교생활에 적응하는 것만으로도 만만치 않았을텐데 인턴십도 소홀히 하지 않으려고 애쓰는 모습이 고마웠다. 워크숍 진행을 위해 이동하는 차 안에서 틈틈이 학교 과제를 하기도 하고, 학교 일정을 조율해서 프로젝트의 마지막 과정에 참여한 하늘이의 책임감 있는 모습은 나에게 강렬하게 남아있다.

틴턴의 마지막 주인공인 하늘이는 사실 이 책의 첫 번째 인터뷰이interviewee이자 이어질 인터뷰에 영감을 불어넣어 준 '라이터lighter'이다. 짧지만 굵었던 하늘이의 인턴십을 함께 그리고 깊게 회고하면서 내 마음에 불이 붙었다. 그렇게 시작된 인터뷰가 하나둘 이어지고 쌓여서 책이 된 것이다.

> "인턴십을 한 달밖에 못 한 것이 제일 아쉬워요. 다음에 또 하게 된다면, 그때는 진저티 분들과 좀 더 많이 대화하고 싶어요. 어떤 마음으로 진저티에 오시게 됐는지도 알고 싶고, 일하시면서 느끼는 것들에 대해서도 더 듣고 싶어요. 겨울에는 업무가 별로 없다고 하셨지만, 업무가 별로 없으니까 대화를 많이 하면 되지 않을까요? (웃음)"

사람에 대한 호기심과 섬세한 관찰력을 지닌 하늘이는 타고난 인류학자다. 도전하는 마음, 좋은 대화와 깊은 회고의 힘을 알게 된 하늘이는 존중하는 어른, 책임감 있는 어른으로 자랄 것이다. 하늘이가 들려준 이야기들이 내 마음에 불을 켜주었듯이, 하늘이가 써 내려갈 이야기들이 이 세상을 밝혀줄 거라 믿는다.

Letter

다음에 올 틴턴에게

from. 틴턴 김승훈

안녕하세요 Next 틴턴 님! 조금 먼저 틴턴을 경험해 본 입장에서, 미래의 틴턴님들을 위해 몇 가지 알아두면 좋을 것들을 말해보려 해요. 물론 각자의 상황은 조금씩 다르니 저와는 다른 틴턴 생활을 보내겠지만, 제 이야기가 조금이나마 도움이 되길 바라요. 우선 틴턴을 시작하기 전에 생각해 봐야 할 것들에 대해 이야기해볼게요.

틴턴에 도전하기 전에

시작하기도 전에 무언가 준비해야 한다고? 이렇게 걱정할 필요는 없어요. 일하는 데 필요한 전문적인 능력이나 지식을 요구하는 것은 아니에요. 실제 사회에 한 발짝 내딛기 전에, 마인드셋 측면에서 고민해 볼 필요가 있다는 얘기에요. 틴턴은 이전까지 했던 경험과 완전히 다른 새로운 과정이라고 생각해요. 학교같이 우리에게 친숙한 곳에서는 챙겨주는 대로 가면 되지만, 틴턴을 경험하는 과정에서는 본인의 의욕과 필요가 동반되어야지 새로운 페이스에 따라 갈 수 있어요. 스스로 잘 돌아보고, 준비되었나 점검해 보는 것을 추천해요. 회사에서 하나하나 챙겨줄 수는 없기에 혼자서 생각해 보는 과정이 필요할 거에요. 본인이 어떤 것을 원하고 어떤 것을 하고 싶은지 모른 채 틴턴에 온다면, 새로운 환경에서 갈피를 못 잡아 고생할 수 있어요. 틴턴을 시작하기 전에, 스스로를 돌아보는 게 필요할 거 같아요.

그렇다고 너무 겁먹을 필요는 없어요. 사소한 계기나 추상적인 동기라도 괜찮으니, 본인에게 맞는 추진력을 고민해보았으면 하는 마음에서 한 말이에요. 작은 목적을 정하는 것도 좋고요. 저도 틴턴을 준비하는 과정에서 어떤 이유로 틴턴을 하고 싶은지 확신하지 못해 면접 때 고생했거든요. 당시에는 인턴십이 진로와 연관되어 있어야 한다는 고정관념 같은 게 있었는데, 제 진로부터 명확하지 않았기 때문이었던 것 같아요. 그 때문인지 "틴턴을 어디로 가냐"부터 "틴턴을 가서 무엇을 해야 하나" 같은 수많은 고민을 했었는데, 끝이 없더라고요. 그래서 진로 같은 구체적인 목표는 아니더라도, '다양한 경험과 배움을 얻고 싶다'는 마인드로 틴턴을 준비했어요. 이런 마인드로 틴턴에 임하니 시작하고 나서도 많은 도움이 되더라고요.

틴턴 경험이 더 의미 있으려면

그런데 본격적으로 틴턴을 시작하고 나서도 중요한 게 하나 더 있었어요. 저는 앞서 말한 대로 다양한 경험과 배움을 목적으로 틴턴을 시작했는데, 막상 기회가 왔을 때 망설이게 되는 상황이 많았어요. 기회가 주어지면 무엇이든 해보자고 마음은 먹었는데, 막상 때가 되자 말이 쉽게 나오지 않더라고요. "내가 참여해도 되나? 잘할 수 있을까?" 같은 망설임이 계속 머리에 떠오르니 기회가 주어져도 멈칫하는 순간이 생길 수밖에 없었던 것 같아요. 그렇게 시간이 지나가니 조급해졌고, 조금 단순해질 필요가 있음이 느껴지더라고요. 물론 고민하는 것도 중요하지만, 처음 시작하는 일이고, 고등학생에게 거창한 것을 기대하는 사람은 없을 것이기에 시작하기도 전에 쫄지 말자고 생각했던 것 같아요. 겁먹지 않는 게 중요하다는 걸 느꼈어요.

물론 의욕이 앞서다 보니 실수하기도 했어요. 틴턴을 시작한 지 얼마 지나지 않았을 때였는데, 진저티에서 운영하는 작은 페이스북 페이지에 다른 틴턴분과 콘텐츠를 만들어 올리는 업무를 맡게 되었어요. 제 주도로 콘텐츠를 제작해 나갔고, 결과물도 나름 만족스러웠기에 퇴근 시간에 맞춰 업로드 준비를 딱 마쳤어요. 남은 건 팀장님께 보고만 하면 된다고 생각했는데, 막상 보고하러 가니 팀장님은 오히려 어떻게 된 거냐고 질문을 던지시더라고요. 그때 제 잘못을 깨달았어요. 중간중간 진행 과정을 공유하고 피드백을 받았어야 했는데, 콘텐츠 만드는 것에만 집중하다가 소통 과정을 놓쳤더라고요. 게다가 팀장님과 이야기를 해보니 콘텐츠 자체도 페이지의 방향과는 맞지 않는다는 걸 그제야 알아차렸고, 결국 업로드는 미뤄지게 되었어요. 내 주도로 일이 진행되고 있었기에 처음에는 숨고 싶은 마음뿐이었어요. 결국 내 잘못이기에 같이 일한 분에게 면목도 없고, 쪽팔리더라고요. 그래도 여기서 숨어봐야 나아지는 게 없다고 생각해 멘탈을 부여잡고 팀장님께 사과를 드리러 갔죠. 일이 이렇게 됐는데, 처음에는 어떻게 생각했으며, 그런데 이 과정에서 무엇이 잘못됐고, 다음에는 어떻게 고칠 건지 침착하게 말씀드렸던 것 같아요. 다행히 콘텐츠도 업로드되지 않았기 때문에 피드백 받는 수준으로 넘어갈 수 있었어요.

지금 생각해 보면 이 과정에서 가장 중요했던 건 실수 후에도 겁먹지 않았다는 것 같아요. 협업을 어떻게 하는 것인지, 소통이 얼마나 중요한지와 같은 것들도 중요한 배움이었지만, 실수한 뒤에도 피드백 후 빠르게 털어버렸기에 이후 활동에도 영향이 덜 미쳤어요. 만약 이때 문제를 회피해 버리거나 남 탓을 한다면 이후에 같은 실수가 반복됐을 수도 있고, 자신감을 잃어버려 내가 주도해서 무언가 하는 것을 다시는 못할 수도 있었던 것 같아요. 이 편지를 보시는 틴턴님도 실수해도 기죽지 않고 계속 시도해 보면 좋겠어요.

틴턴 경험을 200%로 만드는 법

말이 길어지다 보니 꼰대가 되는 것 같은 기분이긴 한데, 하나만 더 이야기할게요! 어떻게 보면 가장 중요한 건데, "어땠어요?"라는 질문에 대비하는 거예요. 진저티에서는 어떤 일이 끝나면 항상 "어땠어요?"라는 질문이 따라오기 때문인데요. 이 질문에 대답하는 건 저뿐만 아니라 다른 틴턴들이 입을 모아 중요하다고 말하더라고요. "어땠어요?"에 아무 대답도 못 하고 넘어가면 민망한 건 둘째 치고, 대답을 준비하다 보면 스스로에게도 도움이 많이 돼요. 항상 핵심을 생각해야 하고, 정리하게 되는 거죠. 어떤 것이 마무리되면 항상 회고가 따르니, 매 순간 마친 일에 대해 고민하고 정리하는 습관이 생기더라고요. 이렇게 이야기하다 보면 말하면서 정리되기도 하고, 기억에도 더 남고요.

그리고 "어땠어요?"라는 질문은 혼자만 대답하는 게 아니니, 다른 사람들의 생각도 들을 수 있는 시간이기도 해요. 어떤 경험을 다른 누구와 공유하며 혼자서는 찾지 못했던 부분들을 보기도하고, 전체적으로 정리해 보면서 하나의 맥락을 만들어 가기도 했던 시간이 가장 값진 경험 아니었나 싶어요. 이러한 시간을 잘 활용하는 게 틴턴 경험을 배로 가져가는 방법 같아요.

나의 틴턴 경험을 회고해보면

'개인과 조직을 위한 건강한 실험실'. 진저티 페이스북에 들어가면 바로 보이는 문구에요. 제가 보냈던 4개월의 시간을 돌이켜 보니 '아, 실험실 맞구나'라는 생각이 들더라고요. 실험실이라는 이름에 걸맞게 뭐 하나 뻔하게 돌아가는 프로젝트가 없었어요. 전에 해왔던 레퍼런스를 그대로 따라 할 수도 있고, 남들 다 하는 대로 편하게 갈 수 있지만 그렇게 하지 않더라고요. '굳이 저렇게까지 해야 하나?'라는 의문이 들 만큼 노력을 아끼지 않는 모습에 자극을 많이 받았어요. 어느새 나도 모르게 무엇을 하든지 그 안에서 새로운 가능성을 보고, 어떻게 하면 '진저티답게' 시도할 수 있을까 생각하고 있더라고요.

이런 것처럼, 제 틴턴은 단순히 어떤 것을 배운 시간이라기보다, 저라는 사람 자체가 성장할 수 있던 시간이었어요. 했던 업무의 이름보다, 어떤 일이든 책임감을 가지고 끝까지 해내는 경험 자체가 저에게는 중요했거든요. 그런 과정을 통해서 자신감을 얻고, 그 자신감이 다른 것으로 이어질 수 있는 동력이 되어 주었어요. 업무 외적으로도 경험을 정말 많이 할 수 있었어요. 퍼실리테이터분을 만나 학교의 회의 문화에 대한 고충을 토로하고 조언을 받기도 하고, 선생님들의 모임에 참석해 새로운 방식의 수업을 진행하는 것에 대한 어려움을 듣기도 하고, 중1 친구들을 대상으로 직접 수업을 진행해보기도 하는 등 일반적인 고등학생은 할 수 없는 많은 걸 할 수 있었어요. 경험 하나하나가 제가 모르던 영역을 알게 해주었던 걸 생각하면, 그게 다 배움이고 성장이더라고요. 결국 이런 모든 요소들이 복합적으로 모여 틴턴 과정을 제가 성장하는 시간으로 만들어 준 것 같아요.

편지를 보시는 틴턴분도 원했던 바를 이루기를 바라며 이 편지를 보내요. 물론 사람도 다르고, 회사의 상황도 조금씩 다를 테니 이 편지가 모든 상황에서 정답은 아니겠지만, 조금이나마 도움이 됐으면 좋겠어요. 좋은 틴턴 경험이 되길 바라요 :)

김승훈 드림

Epilogue

다음 틴턴을 기다리며

이 책에 삽입된 일러스트는 사랑하는 나의 아들이자 또 다른 청소년 동료인 열세 살 김윤이 그렸다.

디자인 회의 때 일러스트가 들어가면 좋겠다는 이야기가 나왔는데, 마침 스포츠 선수 얼굴 그리기에 심취해 있던 아들이 떠올랐다. 엄마의 글에 아들의 그림이 더해지면 특별한 추억이 되겠다 싶어 조심스레 제안한 아이디어를 디자이너님이 흔쾌히 받아주셨다. 감사하면서도 걱정됐다. 괜한 이야기를 꺼낸 것은 아닐까, 잘 해낼 수 있을까, 전문가의 리터칭이 필요하지 않을까, 다른 집 아이들에게는 어려운 일도 척척 믿고 맡기면서 정작 우리 집 아이는 믿지 못하는 엄마였다, 내가.

그런데 웬걸 틴턴 한 사람 한 사람의 특징과 개성을 잘 포착해서 담아낸 아들의 관찰력과 표현력에 깜짝 놀랐다. 생애 첫 일러스트레이터에 도전한 경험은 열세 살 아들에게도 굉장한 변화와 성장의 계기가 되었으리라. '언제까지 해야 해요?'라는 (주인의식이 없으면 절대 하지 않을) 질문을 한다거나, 기한에 맞춰 그리기 위해 노력하는 모습, 정면만 그리면 되는데 굳이 측면까지 여러 컷을 그려가며 가장 좋은 삽화를 고민하는 모습까지, 책임감 있는 아들의 모습이 낯설면서도 기특했다.

이 모든 건 열세 살 청소년에게 기회를 주시고 전적으로 믿어주신 디자이너님과 '김윤 작가님'이라고 불러주고 작업의 의미를 읽어준 진저티 이모 삼촌들의 격려 덕분이다. 좋은 어른들 덕분에 나 역시 이번만큼은 엄마와 아들이 아닌 함께 작업하는 '동료'로 아들을 대할 수 있었고, 그렇게 우리는 서로의 새로운 모습을 안전하게 꺼낼 수 있었다.

유진 피터슨은 〈거북한 십 대, 거룩한 십 대〉에서 신뢰의 원리에 대해 설명한다.

> "청소년 사이에 존재하는 가장 중요한 차이는 그 아이가 얼마나 신뢰할 만하냐에 따라서 생기는 것이 아니라, 그 아이가 신뢰를 저버렸을 때 그 실패를 주위에서 어떻게 받아들이냐에 따라서 생깁니다. 청소년은 신뢰를 받아야만 신뢰받을 만한 사람이 됩니다. 지금 우리는 부모로서 위험을 무릅쓰고 그들을 신뢰해 주며 그 결과를 감당할 준비가 되어 있습니까?"

신뢰를 받아야만 신뢰받을 만한 사람이 된다. 열 한 명의 틴턴들과의 경험에서부터 아들과의 공동작업까지. 어쩌면 이 신뢰의 원리는 틴턴 실험을 관통하는 핵심 메시지일지도 모르겠다.

우리가 틴턴 실험을 지속하는 이유

진저티는 태생도 미션도 굉장히 실험적인 조직이다. '실험실'이 정체성인 조직이다 보니 실험이 일상이고, 일상이 실험이다. 실험은 철저히 신뢰에 기반한 행위다. 서로에 대한 신뢰가 없으면 실험을 시작할 수도, 지속할 수도 없다.

특히, 청소년 동료들을 일터로 맞이하고 함께하는 실험은 생각보다 더 큰 용기와 인내, 뒷단의 수고, 무엇보다 '아직 보이지 않는 청소년의 가능성을 내다보고 그것이 이루어질 거라는 걸 믿는 믿음'이 필요한 일이다. 어쩌다 보니 진저티의 리더들이 시작한 이 실험에 진저티의 모든 동료들이 동참하게 되었고, 진저티는 청소년 동료들과 함께 일하는 조직이 되었다.

우리는 어쩌다 이 실험을 시작하게 되었을까? 그리고 왜 계속하고 있을까?

이 실험의 의미를 찾기 위해 고등인턴들을 인터뷰하기 시작했고, 이후에는 동료들을 인터뷰했다. 솔직히 글이 잘 안 써

져서 대화를 하다보면 풀릴지도 모르겠다는 마음으로 시작했는데, 막상 이야기를 나누다 보니 미처 알지 못했던 기억의 조각들이 맞춰지기도 하고, 무엇보다 실험의 목적이 더 분명해졌다.

고등인턴들과 심리적 혹은 물리적으로(?) 가장 가까웠던 승현님, 가은님의 이야기에서 나는 실험을 지속해야 하는 이유를 확신할 수 있었다.

> "저도 다른 조직에서 인턴을 해봤지만, 기간이나 숙련도에 따라 할 수 있는 업무의 범위가 제한적이잖아요. 진저티는 인턴들에게 다양한 프로젝트의 진행 과정에 참여할 수 있도록 기회를 주고 주도적으로 일해볼 수 있도록 하면서 실제로 일이 어떻게 돌아가는지 경험하게 해주는 것 같아요. 생각이 현실화되는 과정에 참여할 수 있다는 것이 정말 크죠. 진저티의 고등인턴들은 전화 돌리고 우편물 보내는 수준의 일이 아니라 하나의 프로젝트에 진짜 참여해 봤다는 자부심을 가질 것 같아요."

> "그걸 위해 진저티가 노력한 것은 '기다려 주는 것'이 아

닐까요. 일이 좀 서툴고 시간이 필요하고 가야 할 길이 멀어도 고등인턴을 위해 기다려 주는 시간. 조금 튀는 이야기를 하더라도 누구도 비난하거나 어른들에게 다시 맞추려 하지 않고 그 사람이 꺼낸 이야기가 어떤 의미인지 물어봐 주고 그것 역시 기다려 주는 것. 인내인 것 같아요. 조금 비효율적이라도요."

"고등인턴들은 진저티의 유연성을 더 높여주는 존재들인 것 같아요. 고등인턴 실험은 유연하지 않으면 할 수가 없을 것 같거든요. 그래서 저는 고등인턴 실험을 계속했으면 좋겠어요. 고등인턴들의 성장도 있지만, 진저티에게도 분명 배움이 있거든요. 저는 고등인턴들과 함께 일할 때 '와. 이렇게 몰입한다고?' 자기만의 색깔을 내고 좋은 태도로 몰입하는 모습을 보면서 이건 제가 배울 점이라고 생각한 적이 있거든요."

동료들은 또 다른 관점에서 고등인턴들과의 경험을 회고하며 해석하고 있었다. 내가 굳이 설명하거나 설득하지 않아도 틴턴 실험의 의미와 지속해야 할 이유를 잘 알고 있는 이 좋은 어른들로부터 지지받으며 함께 계속해 나갈 힘을 얻었다.

엘리엇 워셔와 찰스 모즈카우스키는 〈넘나들며 배우기〉에서 '응용'과 '체험'의 측면에서 인턴십 경험이 갖는 의미에 대해 말한다.

> '인턴십은 모든 학생들에게 핵심적인 학습경험이다. 모든 학습에는 응용의 측면과 직접 경험하는 측면이 있어야 하듯이, '경력'과 '기술적' 측면이 분명히 있어야 한다. 어떤 고등학생이 건축가, 디자이너, 의사, 법률가가 되기를 꿈꾸는데, 그 직업을 가지거나 배우기 위해 직접 또는 시작해 봐야 할 일을 원하지 않는 학생이 어디에 있을까?'

대한민국의 청소년들은 대부분 자신의 관심 분야에 대해 제대로 알아보거나 경험하지 못한 채 진로를 결정한다. 미래학자들은 앞으로 청소년들이 현존하지 않는 직업을 갖게 되거나 혹은 여러 개의 직업을 갖게 되리라 전망한다. 그렇다면 더더욱 배움이 실제 삶과 어떻게 연결되는지, 변화하는 세상에서 진짜 갖춰야 할 역량은 무엇인지 등을 직접 부딪쳐보고 스스로 찾아가 보는 시간은 필수적이다.

틴턴을 통해 우리는 '청소년 인턴십'의 효험을 눈으로 보았다. 청소년들의 변화와 성장은 물론, 어른들도 청소년 동료들과 함께한 시간을 통해 많은 것을 경험하고 느낄 수 있었다. 미래의 청소년들은 학교를 넘나들며 기업, 비영리 조직, 지역사회 등 다양한 환경과 맥락 안에서 자신을 발견하고 세상을 이해하며 보다 실제적이고 공동체적인 배움을 이루어 가야 한다. 그리고 그 여정을 지원해 줄 다양한 어른들이 필요하다.

결국, 좋은 어른이 좋은 어른을 만든다

열 한 명의 청소년들이 말해준 '인턴십을 통해 만난 어른들'은 이렇다.

나를 한 사람의 동등한 구성원으로 존중해 주는 어른, 내 이야기를 안전하게 꺼낼 수 있는 어른, 청소년을 궁금해하는 호기심 많은 어른, 시키지 않고 같이 하자고 말하는 어른, 나를 위해 노력해 준 어른, 청소년의 목소리를 소중하게 여기는 어른, 항상 회고하는 어른, 객관적인 피드백을 해주는 어른, '안돼, 하지 마'라고 말하지 않고 나를 믿어주는 어른.

틴턴들의 이야기를 들으며, 나는 더 좋은 어른이 되고 싶어졌다. 이 책을 씀으로써 이제 겨우 이들의 변화와 성장을 읽어주는 어른, 이들의 반짝이는 목소리를 잘 수집해 두었다가 다시 꺼내어 들려주는 어른 정도 된 것 같다.

청소년의 가능성을 포착해서 읽어주고 그것을 펼쳐볼 기회와 권한을 열어주는 어른, 그러다가 실패해도 괜찮다고 그것으로부터 배울 수 있으면 된다고 안아주는 어른, 배움이 실제 세상과 어떻게 연결되는지 스스로 탐색하고 적용해 볼 만만한 환경을 만들어 주는 어른, 새로운 도전을 하러 떠나는 이들을 격려하면서도 언제든지 힘들면 돌아와도 된다고 말해주는 어른이 되고 싶다.

그런 어른들이 많아지면, 더 많은 청소년들이 턴teens turn하지 않을까?

청소년도 동료가 될 수 있냐고? 물론이다. 충분히!

이 책에 소개된 책들

김찬호 (2022). 대면, 비대면, 외면. 문학과 지성사.

미하이 칙센트미하이 (2018). 몰입과 진로. 해냄.

샤를 페펭 (2022). 만남이라는 모험. 타인의 사유.

시어도어 다이먼 (2017). 배우는 법을 배우기. 민들레.

엘리엇 워셔 외 (2014). 넘나들며 배우기. 민들레.

우치다 타츠루 (2020). 완벽하지 않을 용기. 에듀니티.

유진 피터슨 (2002). 거북한 십대, 거룩한 십대. 홍성사.

존 듀이 (2019). 존 듀이의 경험과 교육. 박영스토리.

페터 비에리 (2015). 자기 결정. 은행나무.

Ian Tudor(1997). Learner-centredness as Language Education. Cambridge University Press.

Julia Freeland Fisher (2018). Who You Know: Unlocking Innovations That Expand Students' Networks. Jossey-Bass.

틴턴 Teen Turn

인턴으로 만난 10대들의 첫 사회생활,
그 배움과 성장의 기록

지은이 홍주은
편집 안지혜
교정 김고운 고가은 김영재 최예은
디자인 정선은
일러스트레이션 김윤
마케팅 홍승현
인쇄 한국학술정보㈜

펴낸곳 (주)진저티프로젝트
주소 서울시 마포구 양화로 12길 8-5, 2층
이메일 admin@gingertproject.co.kr
홈페이지 www.gingertproject.co.kr

초판 1쇄 발행 2023년 6월 14일
ISBN 979-11-92751-07-8(03810)

값 15,800원
* 잘못 만든 책은 구입하신 서점에서 바꾸어 드립니다.